徳間文庫

十津川警部 日本周遊殺人事件
〈世界遺産編〉

西村京太郎

徳間書店

目次

死体は潮風に吹かれて

1

警視庁捜査一課のベテラン刑事、酒井勇は、間もなく五十二歳になる。

娘のひろみは、すでに結婚し、妻の啓子は、三年前に病死して、現在はひとりぐらしである。

幸い身体は頑健なので、今のところ、老後の心配をしたことはないが、ときには、ひどく寂しさを覚えることがあった。

娘のひろみは、心配だから再婚しなさいという。そのたびに、酒井は、その気はないよといい返すのだが、ときには、もう一度、家庭を持ちたいと思うこともあるのだ。

（いい女性がいたら――）

と、思う。

これから、年齢をとるにつれて、この思いは、多分、強くなっていくだろう。

こんな酒井の楽しみは、カラオケと温泉だった。

カラオケのほうは、もっぱら北島三郎だが、温泉のほうは、ひとりでひなびた宿へ行くのが好きだった。

十月の下旬に三日間の休みがとれたときも、酒井は、まだ行っていない温泉で、三日間を過ごしたいと思った。

警視庁を辞めて、現在、旅行会社をやっている昔の同僚がいるので、その男に聞いてみることにした。

警察の帰りに、銀座数寄屋橋にある旅行社に寄った。

「静かで、のんびりしていて、景色が美しい温泉ねえ」

と、山本は考えていたが、

「明日美クン」

と、若い女子社員の一人を呼んだ。

二十歳ぐらいの、眼の大きな娘が立ち上がって、

「何でしょう？　社長」

と、ちょっと甲高い声を出した。

「君は、東北だったね？」

「弘前ですわ」

「君の知っている範囲で、ひなびた、景色のいい、ひとり者がのんびりできる温泉はないかね？」

「ひとり者は、余計だよ」

と、酒井は苦笑した。

明日美クンと呼ばれた娘は、「そうですねえ」と、考えていたが、

「五能線の海辺の温泉なんかどうでしょうか？」

と、山本と酒井の二人を見た。

「何という温泉だね？」

「不老不死温泉ですけど」

「ずいぶん欲張った名前だなあ」

と、酒井はいった。

「しかし、魅力的な名前だよ」

と、山本がいう。

「変に、俗っぽい温泉じゃないのかね？」

酒井がきくと、明日美は、

「旅館が一軒しかない温泉ですから、俗化はしてないと思いますわ。五能線の沿線は、

とても景色がいいですから」

「行ってみるかな」

と、酒井がいったのは、その温泉に引かれたというより、すすめてくれた明日美という娘に、好感を持ったからだった。

酒井は、彼女にその不老不死温泉に予約をとってもらっておいて、翌日の十月二十八日、羽田から青森行きの飛行機に乗った。

午前七時五〇分の早い便である。

搭乗してから、同じ機内に、例の明日美という娘が乗っているのに気がついた。

彼女のほうでも気がついて、水平飛行に移ってから、隣りの空いた席にやって来た。

「青森のほうから、五能線に乗ることになさったんですか？」

と、明日美は大きな眼で酒井を見た。

「そのほうが、早く着けると思ったんでね。あなたは、何処へ？」

「二日間、休みを貰ったんで、故郷へ帰ってこようと思って」

「確か、弘前の生まれだったね？」

「ええ。幸介さんのことが心配なんで、一度、弘前に帰ることにしました」

と、明日美はニコニコ笑いながらいった。

「コウスケさん？　ああ、故郷にフィアンセがいるんだね」

と、酒井が肯くと、明日美は、「違うんです」と手を振った。

「私の父ですわ」

「コウスケさんが？」

「ええ。なんとなく、昔から、幸介さんと呼んでるもんですから」

「きっと、若いお父さんなんだろうね」

酒井は、ふと、娘のひろみが、自分のことを何と呼んでいるだろうかと考えた。嫁に行き、子供が一人できた今は、お父さんだが、家にいたころも同じだった。酒井の名前は勇だが、ひろみが、「勇さん」と父親を呼んだことはなかった。

「父は、今年四十五歳です」

「それなら、私より十歳近く若い。お母さんも、きっと若いんだろうね？」

「母は、私が高校のときに亡くなりました」

と、明日美がいう。

「そうなの。悪いことを聞いてしまったかな」

と、酒井はいった。

「いえ。いいんです」

と、明日美は微笑した。

酒井は、なんとなく、自分と境遇の似ている彼女の父親に、親しみを覚えてきた。

「ぶしつけな質問をしてもいいかな？」

「どんなことですか？」

「君は、ひとり娘？」

「ええ」

「君は、どう思っているのかな？　お父さんが、再婚してくれたほうがいいと思う？　それとも、ずっと、ひとりでいてもらいたいかね？」

酒井が質問すると、明日美は、弱ったなという顔になった。酒井は、あわてて、

「実は、私も、君のお父さんと同じで、ひとりで生活しているんだ。娘は、もう結婚しているけど、お父さんのことが心配だから、早くいい人を見つけて、再婚してくれというんだよ。娘が、本気でそう思っているのかどうか、わからなくてね」

と、いった。

「幸介さんは――いいえ、父は、いい人なんですけど、頼りないところがあるんです。ときどき心配になったりして。だから、早く再婚してもらいたいと思うんですけど、変な女の人とは、一緒になってもらいたくないとも思うんです」

「なるほどね」

「私って、わがままなんです」

「いや、そんなことはないさ。お父さんのことを愛しているから、いろいろと注文をつけたくなるんだと思うね」

と、酒井は優しくいってから、

「ところで、お父さんは、弘前で、何をやっているの？　あそこは、リンゴの産地だから、それに関係している仕事かな？」

「酒井さんは、刑事さんでしたわね？」

急に、明日美が、ニッコリしてきいた。

「ああ、おたくの社長さんとは、一緒に警視庁で働いていたことがあるんだ」

「私の父も、刑事なんです」

「ほう」

と、酒井は眼を細めた。

「弘前署の刑事ですわ」

「四十代なら、働き盛りだよ。きっと優秀な刑事なんだろうね」

と、酒井がいうと、明日美は、小さな溜息(ためいき)をついて、

「それが、窓際刑事なんです」

「窓際刑事？」

「ええ。まだ平の刑事ですし、一度も犯人を捕まえたことがないんです」

と、明日美がいった。

「私だって、この年齢で、平の刑事だよ」

「でも、犯人を捕まえたことは、あるんでしょう？」

「そりゃあね」

「私の父よりも、ずっとご立派ですわ」

「君のお父さんは、きっと優しすぎるんだと思うよ」

「優しくて人がいいのは、そのとおりですわ。でも、刑事なんだから、一人や二人は、犯人を捕まえてくれないと困ります。娘としては」

と、明日美はいった。

青森空港に着いたのは、午前九時ちょうどである。

青森から弘前まで奥羽本線で行き、酒井は、弘前から一三時〇二分発の五能線に乗った。

明日美は、弘前の駅まで送ってくれた。

「きっと、いい旅行になると思いますわ」

と、明日美はいった。

二両編成の気動車である。観光客らしい姿はほとんどなく、乗客の大半は、沿線の高校生や中学生だった。

エンジンの音をひびかせて、単線のレールの上を走っていく。

小さな駅を、一つ一つ拾っていく。学生たちが降りたと思うと、また、別の学生が乗り込んでくる。

一時間半近くたって、急に、窓の外に海が広がった。日本海である。

海はすでに冬の色を見せ、荒々しく、岸に白い波頭を打ちつけている。

車掌にきくと、真冬になると、ときには、波がレールを洗って、列車が運休することもあるという。

太平洋岸を見なれている酒井の眼には、やたら荒々しく見える日本海だった。

沖を通る漁船が、波の谷間に吸い込まれて、ときどき見えなくなる。

海岸の景色も、ところどころに砂浜があるものの、岩礁（がんしょう）だらけの海岸が多い。

酒井が、それに見とれているうちに、目的の艫作に着いた。

「へなし」と読む。

五能線には、このほかにも、面白い名前の駅が多い。

風合瀬　　かそせ
驫木　　とどろき
大間越　　おおまごし
それぞれが、何か意味があるのだろうが、酒井は、わからないまま、「艫作」で降りた。

無人駅だから、駅員はいない。駅の外に出たが、温泉のある気配はまったくなかった。

タクシーも、見当たらない。

「艫作で降りれば、すぐわかります」

と、教えられて来たのだが、これではどこへ向かって歩いて行ったらいいのか、わからなかった。

(弱ったな)

駅前に雑貨屋が見つかったが、今日は休みらしく、閉まっている。

と、仕方なく、煙草をくわえて考えていると、五、六分して、ライトバンがやって来た。

中年の男が降りて来て、「酒井さんですか？」と、きき、肯くと、

「不老不死温泉から、迎えに来ました」

と、いった。

その男が、支配人だった。タクシーがないので、お客が着くと、支配人が車を運転して、迎えに行くのだという。

「今日は、お客さんお一人です」

と、支配人は運転しながらいった。

旅館は、海に突き出すみたいな恰好で、建っていた。

城の石垣のようにコンクリートをかため、その上に旅館が建っているのは、大波のときには、二メートル近くも波が高くなって、押し寄せるかららしい。

一階の広間には、もうストーブが入っていた。

十二、三人の客が、お茶を飲んだり、テレビを見たり、将棋をしている。

若い男女が三人ほどいたが、そのほかは、中年か初老の客だった。そのせいか、広間は静かだった。

酒井は、女中に案内されて、二階の部屋に入った。

窓の外に、海岸が広がっている。

大きな石がごろごろしている海岸で、その向こうに暗褐色の日本海が見える。

「露天風呂はないの？」

と、女中にきいてみると、

「あそこにありますよ」

と、指さしてくれた。

旅館から、五、六十メートルほど離れた海岸に、丸く、コンクリートと岩で露天風呂ができている。

「入れるの？」

「入れますけど、寒いですから、カゼをひかないようにしてください」

と、女中はいった。

なるほど、吹きさらしの海辺に、ぽつんとある露天風呂である。入っている間はいいだろうが、旅館からの往復に、カゼをひくかもしれない。

夕食まで間があるので、酒井は、旅館の下駄をはいて、露天風呂まで歩いてみた。

旅館からそこまで、細く、コンクリートで道が作られている。

両側は、ごろごろした石の浜で、潮だまりをのぞくと、小さな魚が泳いでいたりする。

陽が射しているのだが、それでも、海から吹いてくる風は冷たかった。

露天風呂は、着いてみると、意外に大きかった。旅館から、パイプで温泉が引かれていて、白色の湯が流れ出ている。

囲いがないので、昼間は入りにくい。

酒井は、しばらくいて、旅館に引き返した。

2

六時の夕食は、階下の広間で、泊まり客が集まって、とることになった。

温泉のよさの一つは、泊まり客同士が、簡単に親しくなることだろう。

酒井の前に座った四十歳くらいの女性も、同じようにひとり旅ということで、すぐ話しかけてきた。

派手な感じの女性で、浦西(うらにし)みや子と自己紹介した。

「ときどき息抜きに、ひとりで温泉へ来ているんです」

と、みや子はいう。

「私も同じですよ」

と、酒井はいった。

みや子は、なれなれしく、酒井にお茶を注いでくれたりしていたが、急に小声になって、

「あとで、一緒に露天風呂に行ってみません?」

と、いった。

酒井がびっくりして、「え?」と、きき返すと、みや子は、

「昨夜も、入ってみたかったんですけど、一人では、なんとなく怖くて」

「そうでしょうね。女性一人では、怖いかもしれませんな」

「じゃあ、一緒に行ってください。どうしても、あの露天風呂に入ってみたいんです」

みや子は、まるで、男を口説くような調子でいった。

酒井も、悪い気はしなかった。彼も、別に女が嫌いなわけではないし、温泉好きだが、行った先で、ちょっとしたアバンチュールが楽しめたらという気がなかったわけでもないからである。

「実は、私も、あの露天風呂に入りたいと思いましてね。さっき、歩いて行ってきたんです。なかなか面白いと思いましたが、昼間は恥ずかしい。それで、夜になったら、

行ってみようかなと」

「それなら、一緒に行ってくださいな」

と、みや子は嬉しそうにいった。

時間を打ち合わせて、酒井は、みや子と旅館を出た。

幸い風は弱く、それほど寒さは感じなかった。みや子は、旅館を出るとすぐ、手を握ってきた。久しぶりに女性の手を握ったことが、酒井の気持ちを甘くさせた。

露天風呂までのコンクリート舗装した通路は、幅が一メートルもなかったから、自然に身体を押しつけるようにして歩く。

露天風呂に着くと、みや子のほうがさっさと裸になった。男の酒井のほうが、おたおたしてしまう。

みや子は、先に湯舟に飛び込むと、嬉しそうに、

「ああ、いい気持ち！」

と、大声でいった。

酒井は、青白い月の光の中で、一瞬、鮮やかに見えたみや子の裸身に戸惑いながら、やっと丹前を脱いで、湯舟に入った。

うしろを振り向くと、旅館の灯がちらちらしている。前は、二、三十メートル先が、

日本海である。

「酒井さんは、おひとりだと、おっしゃってましたわね？」

　みや子が、確かめるようなきき方をした。

「ずっと、やもめ暮らしです」

　と、酒井は古めかしいいい方をした。

「男の人はいいわ。いくつになっても、再婚のチャンスがあるから」

「私は、もう五十歳を過ぎましたよ」

「でも、再婚の話って、いくつもおありになるんでしょう？」

「ほとんどありませんよ。なにしろ、安サラリーマンで、あまり魅力のない男だから」

　半ば本気、半ば謙遜で、酒井は、いった。もちろん、すぐ、それを相手が否定してくれることを期待してだが。

「そんなことは、ありませんわ。私ね、酒井さんが頼りになりそうな男の人だから、お誘いしたの。つまらない男の人だと感じたら、最初から、声なんかかけませんでしたわ」

　と、みや子はいった。

「そういっていただくと、男として嬉しいですがねえ」

「私ね、別に自慢するわけじゃありませんけど、男の方を見る眼があるつもりですわ。銀座のクラブで働いていたこともあるし、そのころ、いろいろな商売の方とも、つき合いましたから。だから、見かけには欺されない自信だけは、あるんです。酒井さんは、勇気があって、心の優しい方だと思ったんですよ。私は、自分の直観に自信があるんです」

「そんなふうにいわれると、照れ臭くなりますが――」

「それで、酒井さんに、お願いがあるんです」

「――」

「酒井さんは、いつまでお泊まりになるんですか?」

「三日間、休みをとっています」

「じゃあ、お願いは、明日、お話ししますわ。今夜は、せっかく一緒に露天風呂に入っているんだから、ただの男と女ということにしておきたいから」

と、みや子がいう。

身体を寄せてきたので、酒井が手を回すと、彼女は、そのまま、湯舟の中で身体を預けてきた。

柔らかく、重量のある身体だった。

思わず抱き寄せて、唇を合わせた。

「――？」

ふいに、酒井は、人の気配を感じて、旅館のほうに眼をやった。

誰かが、急ぎ足に、旅館に向かって、引き返して行くのが見えた。

旅館が明るく、月が出ているといっても、その人間の姿は、黒いシルエットとしか見えない。

「私たちが入っていたんで、きっと遠慮したのよ」

と、みや子がいった。

しかし、酒井には、そう思えなかった。二人の様子を見に来て、酒井に気づかれて、あわてて逃げたように見えたのだ。

酒井がそのことをいうと、みや子は、笑って、

「それでも、いいじゃありません？　きっとやきもちを焼いてたんだわ」

「そうかな」

「今、あの旅館に、十三人の泊まり客がいるそうよ。若い人もいるし、フルムーンを楽しんでいるご夫婦もいるわ」

「それは、知っていますよ」

「なかには、中年の女の人で、ひとりで来ていて、男の泊まり客に声をかけられたいと願っている人もいるわ。もちろん、男の人でもね。そんな人たちにとっては、私とあなたは羨ましいんだと思うわ。だから、きっと様子を見に来たんだわ」

みや子は、むしろ、楽しそうにいった。

「なるほどね。私たちは、羨ましがられているわけか」

「そうよ。ねたまれてるかもね」

みや子は、クスクス笑い、一層、強く酒井に抱きついてきた。

酒井も、次第に、みや子の気持ちと同じになってくるのを感じた。楽しかった。他人に羨ましがられるのは、悪くない。とにかく、温泉を楽しみに来て、女まで手に入れたのだ。それもなかなかの美人を。

一時間近く、文字どおり、湯舟の中で、じゃれ合ってから、二人は、旅館に戻った。

翌二十九日。

朝食のとき、みや子はいたが、昼食のときには、姿が見えなかった。

午後六時の夕食のときにはいたが、酒井を見ても、知らん顔だった。

酒井は、自然と腹が立ってきた。昨夜、露天風呂から戻ったとき、みや子は、甘えた声で、「明日の夜も、一緒に行きましょうよ」と、いったからである。

夕食もそこそこに、広間から立ち去ろうとするみや子を、酒井は、二階への階段のところでつかまえて、

「どういうことなのか、説明してくれないか」

と、いった。

「別に、何もありませんわ」

みや子は、いやに他人行儀ないい方をした。

「昨夜、明日も一緒に、露天風呂に入りに行こうといったはずだよ」

「気が変わったんです。それに、カゼをひいてしまったし――」

「カゼをひいているようには、見えないね。私にお願いがあるとも、いったはずだよ」

「忘れましたわ。明日、早く出発するんで、もう部屋に戻って、休みたいんですけど」

「いったい、どうしたんだ？　私がふられたということなのかね？　それなら、そういってほしいんだよ」

酒井は、逃げ腰のみや子の腕をつかみ、じっと見つめてきいた。

食事をすませた泊まり客が二人ばかり、階段のところで酒井たちを見つめてから、小声で何か話しながら、あがって行った。

「手を放してくださいません？」

と、みや子は相変わらずよそよそしい声でいった。

酒井は、手を放した。

「とにかく、説明してほしいんだよ」

「説明することなんか、何もありませんわ」

「それじゃあ、君は、私をからかっただけなのか？」

酒井は、自分を抑えようと思いながら、逆に荒い口調になっていった。

「そう思いたければ、思ってくださったって、結構ですわ」

と、みや子がいった。

そのいい方に、酒井は、かッとして、無意識に、平手で女の顔を叩いてしまった。

大きな音がして、みや子は、よろけた。

通りかかった若いカップルがびっくりして、酒井を見、みや子を見た。

みや子は、叩かれた頬をおさえて、階段を駈けあがって行った。

酒井は、呆然と立ちつくしていたが、自分の部屋に帰る気もしなくて、タオルだけを持って、旅館を出た。

露天風呂に向かって、足元を確かめながら、歩いて行った。

興奮しているためか、風の冷たさを感じなかった。

円形の露天風呂に着くと、裸になって、飛び込んだ。

乳白色の温泉が、彼の身体を包んでくれる。それでもやたらと寂しくて、酒井は、
海に向かって、

〈あんな女の一人や二人――〉

と、大声で唄い始めた。

その声が、海からの風にちぎれ、飛んでしまう。

「畜生！」

と、叫んでみたが、その声も、手応(てごた)えもなく消えてしまった。

酒井は、湯舟のふちに頭をもたせ、夜空を見上げた。

（どうなってるんだ？）

と、思う。昨夜のみや子の態度は、芝居だったのだろうか？

ただ、酒井を、からかったのだろうか？

冷静に考えれば、自分は、あまり見栄(みば)えのしない五十男だ。だから、面白がって、

からかったのか？　そうかもしれないし、違うかもしれない。

朝食のあと、彼女は、外出したようだが、そのとき、何かあったのか？　酒井には、独身で、亡くなった夫の遺産があるので、温泉めぐりなどを楽しんでいるのだといっていた。だが、本当は、夫がいて、それに会ってきたのだろうか？

酒井は、脱いだ丹前の袂から、煙草を取り出して、火をつけた。

（あんな女のことは、忘れるんだ）

と、酒井は自分にいい聞かせてみる。また、東京に帰れば、凶悪事件を追わなければならないのである。

煙草を何本も灰にした。どのくらい入っていたのかわからないが、酒井は、風呂を出ると、丹前を着、下駄の音を立てて、旅館に戻った。

一階の広間では、隅でカラオケをやっていた。が、みや子の姿は、なかった。

酒井は、缶ビールを五本とおつまみを自動販売機で取り出し、広間にあぐらをかき、ビールを飲みながら、カラオケを聞いた。

酔って、彼も缶ビールを片手に、北島三郎の「歩」を唄い、自分の部屋に戻ったのは、午後十時を過ぎていた。

3

翌日、眼がさめると、二日酔いらしく、頭ががんがんした。昨夜、結局、缶ビールを十本、飲んだのだ。それに、支配人が、カラオケの参加者に、日本酒とウイスキーをサービスしたので、酒井は、それも飲んでいた。

ドアを叩くような音が、耳に聞こえる。

眼を開けて、布団の上に、起き上がったが、ドアを叩く音は、まだ消えてくれない。

また、ドアを叩く音。

現実の音だったのだ。誰かがドアを叩き、

「お客さん！　酒井さん！」

と、怒鳴っているのである。

酒井は、頭をおさえながら、部屋のドアを開けた。

青い顔をした支配人と、二人の男が立っていた。

「警察の方が、お客さんに用があるとかで――」

と、支配人にいわれて、酒井は、思わず苦笑してしまった。

二人の男は、むっとした顔になって、警察手帳を示し、

「弘前署の者だが、あんたに聞きたいことがあるんだ」

と、片方がいった。

「いいですよ」

と、酒井はいい、部屋を出た。

廊下には、ほかの泊まり客がいて、酒井のほうを見つめている。

二人の刑事は、酒井をはさむようにして、一階の広間におりた。

「何を聞きたいのか、話してくれませんかね？」

と、しびれを切らして、酒井がきいた。

「あんたは、浦西みや子という泊まり客を知っているね？」

と、刑事の一人がきいた。

「知っていますよ。食事のとき、一緒になりますからね」

「それに、一緒に、海辺の露天風呂に入ったんじゃないのかね？」

「入っちゃいけませんか？」

酒井がきき返すと、相手は、顔を赤くして、

「まず質問に答えるんだ。一昨日の夜に、一緒に露天風呂へ入ったんだろう？　証人

がいるから、嘘はつくなよ」

「行きましたよ」

「そして、昨日の午後七時過ぎに、一階広間の階段のところで、彼女とケンカをしていたそうだね？」

「別に、ケンカじゃありませんよ。話していただけです」

「腕をつかんで、話をしていたのかね？」

「そうです」

「そのあと、あんたは、彼女を露天風呂へ連れて行き、殺したんだな？」

「殺した？」

酒井の顔つきが、険しくなった。半信半疑で、もう一度、

「殺した？」

「そうだ。今朝早く、湯舟で死んでいるのが見つかったんだよ。後頭部を強打されてね。裸でつかっているところを、背後から殴られたと考えられる。どうだね？　男らしく、すべてを吐いたら、どうかね？」

「殺された？　彼女が」

「あんたには、訊問したいことがあるんで、来てもらうよ」

と、もう一人の刑事が、うむをいわさぬ口調でいった。

「本当に殺されたのかどうか、死体を見せてくれませんか」

「いいだろう。連れて行こう」

と、刑事がいい、酒井は、旅館の外に出て、歩き出した。

露天風呂に着くと、刑事が、湯舟のふちの毛布を持ちあげて、中の死体を酒井に見せた。

酒井は、刑事だから、死体は見なれている。むごたらしく殺されている死体が、ほとんどである。

しかし、この死体だけは、別だった。

酒井の顔色が変わり、息を呑んだ。湯舟の中に沈んでいたということで、全体にふやけてしまい、それが、なおさら無残な感じにしていた。

一昨夜、彼女を、この露天風呂の中で、酒井は抱いたのだ。そのあとのケンカ。そして、今は、死体になって、横たわっている。

「なぜ、彼女は、殺されたんですか？」

と、酒井は刑事の一人にきいた。

「あんたが殺したんだろうが」

と、その刑事は睨むようにしていった。

「バカな。私は、殺してない。早く犯人を見つけなきゃ駄目だ」

思わず、酒井は、刑事の気持ちでいってしまった。が、その言葉が、相手を刺激したらしい。

二人の刑事は、いい合わせたように、眼をむき、ひとりが酒井の襟がみをつかんだ。

「おれたちは、お前さんが、殺したと睨んでるんだよ。彼女にちょっかいを出して、抵抗されたんで、殺したんだろうが」

と、一人がいった。

「私は、犯人じゃない。何度いえばわかるんだ！」

と、酒井も大声を出した。

「お前さんが、彼女と一緒に露天風呂に行ったことは、みんなが見てるんだよ。そして、昨日、大ゲンカをして、そのあと、お前さんが、ひとりで露天風呂から戻って来たことも知ってるんだ。ケンカのあと、なんとか露天風呂に連れ出したが、また、ケンカになり、カッとして、殴り殺したんだ。違うとは、いわせないぞ！」

と、刑事が怒鳴った。

4

弘前署に、捜査本部が置かれた。が、重要参考人として連行した酒井が、警視庁捜査一課の現職の刑事とわかって、困惑してしまった。

不老不死温泉の宿帳には、ただ単に、会社員と書かれていたのである。

「たとえ、警視庁の刑事でも、手心を加えるな。容疑があれば、徹底的に訊問するんだ」

と、田原（たはら）署長は、刑事たちにいった。

それは、マスコミへの配慮ということもあるし、東京への反撥（はんぱつ）ということもあった。

この事件を担当することになった刑事は、七人である。

その中に、矢木（やぎ）刑事もいた。田原署長から、もっとも頼りにならない男と思われている刑事だった。

三十日の午後に、捜査会議が開かれた。

そこで、田原署長が全員に向かい、改めてはっぱをかけた。

「捜査が進むにつれて、酒井勇の容疑は、ますます濃くなってきている。この線で、捜査を進めていく方針だ」

と、署長がいったとき、電話が鳴って、受話器を取った若い井上刑事が、

「矢木さん。電話ですよ」

と、いった。

それを、署長がじろりと睨んで、

「私用の電話か？」

「東京の娘さんからです」

「バカモノ！　そんな私用電話を、こんなときに取りつぐ奴がいるか！」

と、署長が怒鳴った。

「しかし、娘さんは今度の事件について、お父さんの矢木刑事に、何か話したいといっています」

と、井上が受話器を持ったまま、署長に言った。

「矢木クン。どういうことかね？　君の娘さんは、今度の事件に何か関係してるのかね？」

署長の田原は、眉を寄せて、矢木を見た。

矢木は、頼りなげに首を振って、

「私にも、わかりません」

「とにかく、電話に出てみたまえ」

と、田原は大声でいった。

「すいません」

とぺこりと田原に頭を下げてから、矢木は、受話器を受け取った。

「お父さん？」

と、父親とは違って、やたらに元気のいい娘の明日美の声が、ひびいてきた。

「あのなあ」

と、矢木はいつもの口癖が出て、

「今、大事な会議をやってるところなんだ。私用の電話は、禁じられているんだよ」

「私の電話も、大事なことよ。不老不死温泉で殺人があって、酒井刑事さんが捕まってしまったんでしょう？」

「なぜ、知ってるんだ？」

「今、東京に帰って、テレビを見てたのよ」

「しかし、酒井という名前は、まだ出してないはずだよ」

「現職刑事のSといってたわ。それなら、私が不老不死温泉を推薦した酒井さんに、間違いないわよ。ね、そうなんでしょう？」

「そうだとして、何をいいたいんだ？」

矢木は、署長の様子を気にしながらきいた。

「酒井さんは、絶対に、犯人なんかじゃないわ」

「しかしなあ。状況証拠が、みんな、あの人が怪しいといってるんだよ」

「私は、東京から青森まで、飛行機の中で一緒だったし、青森から弘前までも、一緒だったのよ。その間、いろいろなお話をしたわ。酒井さんは、お父さんと同じで、平刑事だけど、いい人だわ。人殺しなんかできる人じゃないわ」

「お前がそういってもなあ」

「あの酒井さんを、犯人と思うなんて、そちらの署長さんが、どうかしてるのよ。きっと、恥をかくことになるわ」

「しかしなあ」

「とにかく、酒井さんをすぐ釈放して。お願いだわ」

「何をぐずぐず、話してるんだ？」

と、田原署長がいった。

「あとで、電話するよ」

と、矢木はいい、受話器を置くと、田原に向かって、

「娘は、絶対に酒井刑事は、犯人なんかじゃないといっていましてーー」

「君の娘さんは、酒井刑事のことを知っているのかね？」

「それが、たまたま、東京から弘前まで、一緒に来たということでして」

「それだけの知り合いのくせに、なぜ、犯人じゃないと、君の娘さんは、いい張るんだね？」

「酒井刑事とお喋り(しゃべ)りをしたが、そのときの感じでは、絶対に人殺しなんかできる人じゃないと、娘は、いっているんですが」

と、矢木がいうと、田原は、笑い出して、

「それだから、素人(しろうと)は困るんだ。印象だけで、犯人じゃないとかいうからね。もし、印象だけで、事件が解決できるんなら、警察はいらないんだ。易者(えきしゃ)にみてもらえばいいんだよ」

「しかし、なかなか直観力のある娘でしてーー」

「何をいってるんだ。明日も、聞き込みで、酒井勇が犯人だという証拠をつかむんだ」

と、田原署長は太い声でいった。

5

明日美は、東京に帰って、銀座の旅行社に出ていたが、落ち着きを失ってしまっていた。

三十一日になって、警視庁捜査一課の十津川という警部が、彼女に会いに来た。

十津川は、旅行社の上にある喫茶店に、明日美を連れて行った。

「酒井刑事は、私の部下でしてね。あなたが、不老不死温泉を紹介してくださったと聞いたものですから、いろいろとお聞きしたいと思いましてね」

と、十津川はいった。

明日美は、「ええ」と、肯いて、

「それで、私、責任を感じているんです。向こうの警察は、酒井さんのことを犯人扱いですもの」

「あなたは、違うと?」

「ええ。絶対に違いますわ。お話ししたのは、わずかでしたけど、いい人で、人を殺したりできるはずがありませんわ」

「そんなに信用してくれていると知ったら、酒井刑事は、きっと感激しますよ」

「酒井さんは、父に似ているんです。それで、とても親しみが持てるんですわ」

「お父さんも、警察の方ですか？」

「ええ。弘前署の刑事で、今度の事件を担当して動いていますわ」

「それなら安心だ。きっと、あなたと同じように、優しくて、聡明な方でしょうからね」

と、十津川がいうと、明日美は、手を振って、

「駄目ですわ」

「なぜです？」

「父は、警察に入って二十年近くなりますけど、一度も、犯人を逮捕したことがないんです。それで、今でも平刑事ですわ。今度も、きっと同じだと思います」

「一度も、犯人を挙げたことがない？」

「ええ。だから、窓際刑事って、かげ口を叩かれているらしいんです」

「素晴らしい」

十津川が、ニッコリ笑っていった。

明日美は、眼をぱちぱちさせて、

「何がですか？」

「一人も犯人を挙げないのに、二十年近く、第一線の刑事をやっているには、何か理由があるはずですからね。何か素晴らしい理由がね」

「きっと、縁起をかついでいるんですわ。署長さんや県警の偉い方が」

「縁起って？」

「父が参加した事件は、なぜだか、たいてい犯人が自首して、解決してしまうんですって。署長さんは、面白くないみたいですけど」

「なるほどね。今度の事件も、犯人が自首してくれるとありがたいんだが」

と、十津川はいった。

「これから、酒井刑事さんに、お会いになるんですか？」

「向こうの署長さんが許可してくれれば、ぜひ会いたいと思っていますよ」

「そのときは、私があの温泉を紹介したことを、お詫びしておいてください」

「あなたには、まったく責任はありませんよ」

と、十津川は笑顔でいった。

「殺された女の人は、確か東京の方でしたね？」

「名前は、浦西みや子。東京の新宿で、クラブをやっている女性です。店の名前は、名前からとったＭＩＹＡＫＯ。今、私の部下が調べています」

「クラブのママをしていたんですか？」

「そういうことになっています。どんな店かわかりませんがね」

と、十津川はいった。

6

翌日、十津川は、弘前へ飛んだ。

酒井刑事と同じように、青森から弘前への道を選んだ。

弘前署では、田原署長に会って、留置されている酒井に会わせてもらった。

酒井は、十津川の顔を見るなり、

「申しわけありません」

と、頭を下げた。

「私も亀井君も、君がやったなんて思っていないよ」

「しかし、状況証拠は、すべて、私に不利なんでしょう？」

「そうらしいね。君と被害者のことを話してくれ」

「それが、よくわからんのです。警部、私が、魅力的な男に見えますか？」

「十分、魅力的だよ」

「よしてください。自分のことは、よく知っています」

と、酒井は笑ってから、

「もてない男の三要素というのは、チビ、デブ、ハゲだそうです。私は、デブじゃありませんが、背は低いし、頭はうすい。それに、年齢をとっています。ところが、彼女のほうから近づいて来た。最初は、戸惑いましたが、私も男ですから、だんだんその気になってしまって――」

「当然だよ。第一、君は独身なんだから、女とつき合って、悪いはずはない。二十八日には、一緒に露天風呂に入ったんだな？」

「そうです。誘われましてね」

「そのとき、どんな話をしたか、覚えているかね？」

「今から考えると、歯の浮くようなことをいっていましたね。私のことを、頼りになる男みたいだとか、男は、いくつになっても、再婚ができてうらやましいとか。そうだ。私に、頼みがあるといっていました。明日、そのことを話すと」

「それを、君にいわないうちに、殺されてしまったわけだね？」

「そうです」

「そのほかには？」

「誰かが、様子を見に来ていましたね。あわてて逃げて行きました」

「男だったかね？　女だったかね？」

「男だったと思います。髪が短かったですから。ただ、夜でしたからね。はっきりしないんです」

「君と被害者の様子を、見に来ていたと思うのかね？」

「みや子は、知らずに来て、私たちが入っていたので、あわてて逃げて行ったんだと、いっていましたが、私には、様子を見に来たんだとしか見えませんでした」

「翌日の二十九日は、どうしたんだ？」

「朝食のあと、彼女は外出しました。昼食のとき、いませんでしたから」

「そして、いつごろ、帰って来たんだ？」

「正確な時間はわかりませんが、六時の夕食のときは、いました。それで話しかけたんですが、昨夜の態度とまったく変わって、やたらによそよそしかったんです。むっとしたもので、夕食のあと彼女をつかまえて、難詰（なんきつ）しました」

「それを、ほかの泊まり客に見られた？」

「そうです」

「それから？」

「むかむかするので、部屋に戻る気になれず、ひとりで、露天風呂に入りに行きました」

「時間は？」

「入っていたのは、午後八時近くから九時過ぎまででした。一時間あまりです。あれこれ考えながらでしたから、正確な時間はわからないんですが、九時少し過ぎでした」

「君が入っている間、浦西みや子もほかの泊まり客も、露天風呂には入って来なかったんだね」

「もちろんです。ですから、彼女が、露天風呂で殺されたのは、私が出たあとのはずです」

と、酒井はいった。

「矢木明日美というきれいな娘さんが、君のことを心配していたよ」

「ああ、あの旅行社の娘さんですか」

と、酒井は急に明るい表情になって、

「いい娘さんですよ」

「君が、人殺しなんかできるはずがないとも、いっていた」

「お礼をいっておいてください」

と、酒井はいった。

7

十津川が、もう一度、田原署長に会って、酒井が犯人とは思えないというと、

「私だって、現職の刑事が人を殺したとは、思いたくないんですがねえ」

「彼がいうには、自分が露天風呂に入っていたとき、誰も来なかったということですが」

「つまり、殺してないというわけでしょう？　それは、私も聞きましたよ。しかし、解剖の結果、死亡推定時刻は、二十九日の午後八時から九時の間とわかったんです。酒井刑事が、露天風呂に入っていたといっている時間なんですよ」

（まずいな）

と、十津川は眉を寄せた。

状況は、さらに悪化している。これでは、いくら酒井を弁護しても、身びいきとしか思われないだろう。

田原署長は、気の毒そうに十津川を見て、

「私も、なんとか酒井刑事を助けたいと思いましたが、これだけの悪材料が揃っていると、無理ですな」

「わかります」

「今日は、こちらでホテルをとりましたから、誰かに案内させましょう」

と、田原は、もう事件は片付いたという感じでいった。

「それでは、矢木刑事に案内していただきたいですね。私は、二、三日こちらにいるつもりですが、その間、矢木刑事を傍におかせてくれませんか。なにしろ、このあたりは、初めてなので」

「矢木で、よろしいんですか？　いっておきますが、あの男は、頼りになりませんよ」

「実は、矢木刑事の娘さんと話をしたことがありましてね」

「ああ、なるほど。それなら納得できます。あの矢木を指名されたんで、びっくりしたんですが」

と、田原署長はいった。

矢木が呼ばれた。

(父親だけに、よく似ているな)

と、十津川は思った。

細面(ほそおもて)で、痩(や)せているせいか、男としては、なんとなく頼りなげに見えるのだ。

「しばらく、十津川警部についてくれ」

と、田原署長が矢木にいうと、矢木は、当惑した顔で、

「しかし、私は、今、殺人事件の捜査に当たっておりますが」

「いいんだよ。君は、いてもいなくてもいいし、それに、もう事件は解決したと同じだから、安心して十津川警部についてくれたらいいんだよ」

田原は、優しく、それだけにかえって冷たいいい方をした。

十津川は、そんないわれ方をする矢木に、

「実は、私が、特にあなたを指名したんですよ」

と、いった。

二人は、弘前署から、用意されたホテルまで、歩いて行った。

「明日美さんに、東京で会いましたよ」

と、歩きながら、十津川がいった。

「どうも、わがまま娘でして」

矢木は、恐縮して頭をかいた。

「いや、明るくて美人で、頭のいい娘さんじゃないですか」

「そうでしょうか」

「お父さんを自慢していましたよ」

「いや、私のことは、娘として、恥ずかしがっていると思いますよ。なにしろ、私は、窓際刑事ですから」

「矢木さんは、酒井刑事が犯人だと思いますか？」

と、十津川がきくと、矢木は、また当惑した眼になって、

「状況証拠もありますし、県警としては、酒井刑事が、犯人と考えているようですが」

「あなたの意見は、どうなんですか？」

「私なんかは、歯車の一つにしかすぎません。いや、歯車にもなっていないかもしれません。なにしろ──」

「窓際刑事？」

「もっぱら、そう呼ばれています」

と、矢木はニコニコ笑った。が、卑屈な笑い方ではなかった。むしろ、そう呼ばれることを楽しんでいる感じがした。十津川は、そのことに驚きながら、

「今夜、私と、つき合ってくれませんか？」

「と、おっしゃいますと？」

「ホテルを用意してくれた署長さんには悪いんだが、私は、例の不老不死温泉に泊まりたいと思っているんです。一緒に、露天風呂に入りませんか？」

「一緒にですか？」

と、十津川はいった。

「私も、一度、露天風呂というのに、入ってみたいと思っていたんですよ」

ホテルに着くと、キャンセルしてもらい、矢木と五能線で鱸作に向かった。

一五時〇五分、弘前発に乗ったのだが、鱸作まで行く列車は、このあと、もう一本もないのである。あとは、二つ手前の深浦までの列車が、二本あるだけだった。

「列車が少ないんですね」

と、十津川がいうと、矢木は、自分のことのように恐縮して、

「なにしろ、田舎ですから」

と、いった。

不老不死温泉に着くと、十津川は、二階に部屋を取り、夕食は矢木とすませた。

そのあと、二人で徳利と盃を持って、海辺の露天風呂に出かけた。今朝まで、犯行現場ということで、ロープが張られていたのだが、それが、やっと除かれたのである。しかし、泊まり客にしてみれば、気持ちが悪いのと寒いのとで、十津川たちのほかには、誰も入っていなかった。

ゆっくりと湯につかり、酒をくみかわしながら、十津川は、矢木と話をした。

「酒井刑事以外の泊まり客も、調べたんでしょうね」

「調べましたが、酒井刑事のように、被害者と関係のある人間は、見つかりませんでした」

「アリバイは？」

「夕食のあとから、十一時ごろまで、ずっとカラオケをやっていた泊まり客が五人いまして、この人たちには、アリバイがあります。途中から、カラオケの仲間に入ったり、自分の部屋にいた泊まり客には、アリバイがありません」

「その数は？」

「七人です。酒井刑事を入れて、八人です」

「その七人の住所、名前は、わかっているわけですね？」

「事件のあと、出発した人もいますが、全員の住所と名前を控えました」

「七人の中に、東京の住所の人がいましたか？」

「三人いました。フルムーンで来ている老夫婦と、全国の温泉を取材して廻（まわ）っているという四十歳のカメラマンです。三人とも、もうここを出発してしまいましたが、住所は確認してあります」

「あとで、教えてください。今夜は、飲みましょう」

と、十津川はいった。

潮騒（しおさい）を聞きながら、温泉につかり、酒を飲むのは悪くない。

「明日美さんは、東京で、被害者のことを調べてみると、いっていましたよ」

と、十津川がいうと、矢木は、

「どうも、困った娘です。探偵気取りで」

「しかし、お父さんに、手柄を立てさせたいという気持ちなんでしょう」

「ますます、父親の権威がなくなります」

と、矢木は笑った。むしろ、娘にハッパをかけられているのを、楽しんでいる口調だった。

「静かだねえ」

十津川は、夜の海に眼をやって、歎声をあげた。

東京では忘れていた静けさが、ここにはある。のびやかな気分になって、仕事のことを忘れるだろう。酒井刑事も、おそらく、豊かな気分になって、初めて出会った浦西みや子を、好きになったのではないのか。

「私もこんなに海の音を聞くのは、久しぶりです」

と、矢木がいう。

「矢木さんは、再婚は考えていないんですか？」

「娘には、すすめられているんですが、なにしろ、犯人を逮捕できない窓際刑事ですから、来てくれる人がいません」

「あなたは優しい人だから、もてると思いますよ」

そんな他愛のない話をしながら、十津川は、矢木という刑事を、次第に好きになっていくのを感じていた。

この刑事が、本当に窓際刑事なのか、それとも爪をかくした鷹(たか)なのかは、わからないが、好感が持てる人間であることだけは、間違いなかった。少なくとも、他人(ひと)を裏切ることだけはしないだろう。

8

十津川は、部屋に戻ると、すぐ、東京に残してきた亀井刑事に電話をかけた。

「被害者のことで、何かわかったかね？」

「そのことですが、浦西みや子は、確かにクラブをやっていましたが、借金が多く、店の実権も、彼女にはなかったそうです」

「すると、何しに、不老不死温泉に来ていたんだろう？　たまには、ひとりになりたくてと、酒井刑事にはいっていたようなんだが」

「それは、眉唾（まゆつば）ですね。同じ店のホステスたちは、浦西みや子が温泉好きだなんて、初耳だといっています。第一、今度、不老不死温泉で死んだと聞いて、なぜ、そんなところに行っていたのかと、びっくりしています」

と、亀井はいう。

「すると、温泉を楽しみに来ていたかどうか、わからないんだな？」

「そう思います」

「じゃあ、何のために、ここへ来ていたんだろう？」

「それが、わからなくて、困っているんです。店のマネージャーも、知らないといっています」

と、亀井はいってから、

「われわれが調べている場所に、妙な娘がうろうろしているんですが」

「どんな娘だ？」

「年齢は二十歳くらいで、探偵気取りで、あれこれ聞き廻っています」

「ああ」

と、十津川は肯いて、

「それなら、多分、矢木明日美という娘さんだよ」

「ご存じの方ですか？」

「酒井刑事に、不老不死温泉をすすめた旅行社のＯＬで、責任を感じているんだよ。こちらの矢木刑事の娘さんでもある。何を聞いて廻っているのか、興味があるね」

「それが、なにしろ素人なので、見当がつきません」

と、亀井がいった。

「カメさんでも、面くらっているのか？」

「そうです。われわれは、浦西みや子を恨んでいると思われる人間を探していますが、彼女は、ただ、やたらに走り廻っている感じでして」

「浦西みや子を恨んでいる人間が、何人かいるのかね？」

「ホステスが五人いるんですが、みや子の評判は、よくありませんね。その中の一人は、みや子に欺(だま)されたといって、怒っています」

「欺されたというのは？」

「有利な投資先があるといわれて、みや子に、一千万円の大金を貸したが、それを返してもらえないということらしいんです」

「そのホステスの名前は？」

「本橋(もとはし)ゆう子。二十八歳です」

「アリバイは、どうなってるんだね」

「それが、ママの浦西みや子が、突然、いなくなって、店自体が休みになってしまっていました。問題のホステスも、仕方がなく、ここ五日間、ぶらぶらしていたといっていますが、証明はできません」

「本橋ゆう子か。どんな顔立ちなんだ？」

「色白で、丸顔です。女優のKに似ています。身長百六十八センチ。体重は五十二、三キロと思います」

「女性としては、背が高いんだな?」

「それに、髪を短くしているので、宝塚の男役のように見えますね」

と、亀井はいった。

「彼女のアリバイを、もう少し調べてみてくれないか」

「わかりました。おひとりで大丈夫ですか?」

「こちらに、カメさんに似ていて、手助けしてくれる人間がいるんだ」

と、十津川はいった。

9

明日美は、昼休みを利用して、都内の旅行社に電話をかけ廻った。

浦西みや子は、ひとりで温泉を楽しむような人間ではなかったという。それが不老不死温泉を知っていた可能性は、少ないだろう。とすると、みや子が、なぜ、あの温泉を知ったのだろうかと、明日美は、考えたのだ。

友人や知人にすすめられたか、旅行社で聞いたかのどちらかと思い、旅行社に電話をしてみたのである。

明日美の予感は、当たっていた。

新宿ステーションビルの中にある旅行社で、浦西みや子が、不老不死温泉をすすめられたことが、わかったのである。

明日美は、すぐ、この旅行社に出かけて行った。

「私が、おすすめしたんです。あの方が、殺されたと聞いて、びっくりしていますわ」

と、女子社員が明日美にいった。

「彼女は、いつ、ここへ来たんですか？」

明日美は、みや子の姪だと嘘をついて、相手に食いさがった。

「確か十月二十六日でしたわ。もうすぐ、閉めるというときに、駆け込んでいらっしゃったんです」

「なぜ、不老不死温泉をすすめたんですか？」

明日美は、大きな眼で相手を見た。

「そこだけをすすめたわけじゃありませんわ。どこか、東北で、辺鄙な場所にある一軒だけの温泉を教えてくれといわれたんで、五つほどすすめたんです。山形の姥湯とか、宮城の湯ノ倉とかですけど」

「みんな、一軒宿ね、知ってるわ。その中で、なぜ、不老不死温泉にしたんでしょうか？」

「あのお客様は、名前が気に入ったと、おっしゃってましたわ。不老不死というのが、気に入ったと。それに、一軒宿でも、電話のない旅館は駄目だとおっしゃって、結局、あの温泉になったんですわ」

と、相手はいってから、急に思い出したように、

「それにしても、あのお客さん、ちょっと変でしたわ」

「どんなところが？」

「もう夕方だったから、翌日ぐらいに行くんだと思ったんですけど、今日じゅうに行きたいと、おっしゃったんですよ。弘前までは行けたとしても、そこから先の五能線は、もうなくなっているといったんですけど、何としても、今日じゅうに、東京は発ちたいといわれるんです。それで、夜行列車をおすすめしたんですわ。二〇時五一分に上野を出る青森行きの『あけぼの1号』に乗れば、弘前には、翌朝の八時三一分に着くから、五能線に乗るには、ちょうどいいんじゃありませんかって」

「そうしたのかしら？」

「と、思いますわ。新宿から上野まで、何分ぐらいかしらって、私にお聞きになりま

したもの」

「なぜ、そんなに急いで、行きたがったのかしら?」

「わかりませんわ。本当に、あのお客様の姪ごさんなんですか?」

「なぜ?」

「実は、あのお客様の姪だという方が、写真をお持ちになって、聞きに見えたんです」

「それは、いつ?」

「十月二十七日ですわ」

「つまり、翌日ね?」

「ええ」

「それで、不老不死温泉のことを、教えたんですか?」

「ええ。構わないと思って――」

「どんな女の人でした?」

「そうね。二十五、六歳で、女性にしたら背の高い人でしたわ。バスケットか、バレーボールでも、やっている人みたいだった」

「顔立ちや服装も覚えています?」

「髪を短くしていて、ちょっとボーイッシュな感じでしたわ。今もいったように、背が高くて、百七十三センチぐらいはあったと思うの。そのせいか、ペチャンコな靴をはいていたわ。黒っぽいコートを着ていたけど、背が高いから、よく似合っていました。羨ましかったわ」

と、いって、その女子社員はニコッとした。

「あなたが、不老不死温泉のことを教えたら、何といっていました？」

「どんな温泉かとか、どのへんにあるのかと聞かれたので、パンフレットや五能線周辺の地図なんかを、渡しておきましたけど」

と、相手はいい、その二つを明日美にもくれた。

パンフレットは、不老不死温泉の旅館の案内で電話番号ものっていた。地図には、五能線の時刻表も添えてある。十二湖（じゅうにこ）など、この地の景勝地も書き込まれていた。

「名前は、わかりませんね？」

「ええ」

10

明日美は、社長に三日間休暇をくださいと頼んだ。

「酒井さんのことで、もう一度、故郷に帰って不老不死温泉へ行ってきたいんです」

「私は、あの男が人を殺したなんて、思えないんだがねえ」

「私もですわ。それで、私も、なんとか酒井さんの疑いを晴らして差しあげたいと思うんです」

「そいつは嬉しいね」

と、社長はいい、簡単に休みをくれた。

明日美は、すぐ弘前に向かった。着いたのは、夜になってである。

弘前署に電話をかけると、署長が、

「矢木君は、今、不老不死温泉に行ってるよ。警視庁の十津川警部が話し相手にほしいといったし、こちらにいても、あまり役に立たんのでね」

と、いった。

(ひどいことをいう署長さんだわ)

と、腹を立てながら、明日美は、不老不死温泉の旅館に電話をかけた。

「ああ、おれだよ」

相変わらず、呑気な声が聞こえた。

「今、弘前に帰って来てるの」

「何をしに、また来たんだ？」

「酒井さんの疑いを晴らしてあげたいからだわ」

「そんなこといったって、おまえなあ」

「これから、そっちへ行くわ。お父さんも、がんばってよ」

「がんばるったって、どうがんばるのか――」

「とにかく、待ってて」

明日美は、途中で電話を切ると、タクシーを拾って、不老不死温泉に向かった。

呑気な矢木も、さすがに、夜で心配だったとみえて、旅館の前で待っていた。その父親に向かって明日美は、

「タクシーの料金払って。お金が足りなくなっちゃった」

「しようがないな」

と、いいながら、矢木は、ポケットから財布を取り出した。

明日美は、さっさと旅館の中に入って行って、

「十津川警部さん！」

と、大声で呼んだ。

タクシー代を払った矢木が、あわてて飛び込んで来て、

「お前、そんな大声を出さなくても――」

「いいんだ。いいんだ」

と、十津川が二階から降りて来た。

十津川は、矢木父娘に、自動販売機のコーヒーとビールをすすめてから、

「何か、東京でわかりましたか？」

と、明日美にきいた。

明日美は、スケッチブックを広げて、十津川と矢木に見せた。

そこには、女の顔が描いてあった。

「私が、旅行社の人に聞いて描いたんです。この女の人が、浦西みや子さんの旅行のことを、いろいろと聞いていたそうなんです」

「ちょっと、聞いてきます」

と、矢木は、スケッチブックを持って、旅館の主人や従業員に聞いて廻って戻って

来た。

「残念ですが、最近この女が来たことはないそうですよ」

と、矢木は十津川にいった。

「じゃあ、犯人じゃないのかしら」

明日美は、がっかりした顔になった。

「浦西みや子を追っかけて来たとすれば、二十八日か二十九日には、ここに来てないとおかしいからね」

と、矢木がいった。

「私も、そう思って、スケッチして持って来たんですけど」

明日美は、まだ口惜しそうな顔だった。

「そう、がっかりすることはないよ」

と、十津川はいった。

「そうですね。考えてみれば、ここに来なかったことは、もし、犯人なら当然ですね」

と、矢木もいう。

「なぜ？」

と、明日美は、きいた。

「考えてごらん。浦西みや子と顔見知りだったら、同じ旅館に泊まれば、警戒されてしまうよ」

「でも、お父さん。ここには、この旅館しかないわ」

「多分、離れた場所に泊まってたんだよ。そして、浦西みや子を呼び出したんだ。彼女は、そこへ会いに行ったのさ。だから、二十九日に、彼女は、朝食のあと、外出している」

「それに、帰ったあと、彼女の様子がおかしかったと、酒井刑事は、いっていますよ」

と、十津川はつけ加えた。

「そういえば、旅行社の人は、不老不死温泉のパンフレットだけでなく、このあたりの地図や五能線の時刻表も、この女性に渡しているんです。だから、ここ以外の温泉や旅館も、知っていたはずですわ」

明日美は、大きな眼をきらきら光らせて、いった。

それを受けるように、十津川は、

「酒井刑事が、いっていたんですが、浦西みや子と夜、海辺の露天風呂に入っていたら、誰かが様子を見に来て、こちらが気づいたら、逃げて行ったそうです。髪の毛が短く男だと思っていたが、この女性なら、夜なら男に見えても、おかしくありませんね」

「浦西みや子を殺そうと、露天風呂に近づいたということですか？」

と、矢木がきく。

「そうに決ってるわ」

と、明日美。

「だが、酒井刑事は、それらしい人間は、泊まり客の中にいなかったともいうんです」

「とすると、この近くの旅館に泊まっていた可能性が強いですね」

「五能線の沿線の旅館を、片っ端から調べてみますわ」

と、明日美が張り切っていった。

11

翌日、明日美と父親の矢木が、五能線沿線の聞き込みに出かけたあと、十津川は、東京に電話をかけた。

「浦西みや子は、あわててこの温泉に来ている。多分、誰かから逃げて来たんだと思うね。そのことと、彼女を追って来た若くて、背の高い女性がいる。髪が短くて、スポーツ選手の感じの女だ。この二つを至急調べて、返事をしてくれ」

と、十津川は亀井に頼んだ。

矢木父娘は、昼になっても、戻って来なかった。二人で、必死になって、調べているのだろう。

午後二時を過ぎて、亀井から電話が入った。

「浦西みや子は、多額の借金をしていまして、その中に、暴力団員への借金がありま す。金額は一千万円ですが、その男に借りたというより、その男に借用証が渡ったということのようで。K組の真田(さなだ)という男で、乱暴な男ですから、危険を感じて、逃げたんだと思います」

「その真田が、殺した可能性は?」

「ありませんね。完全なアリバイがありますし、浦西みや子が死んだあとでも、一千万円を返させるんだといって、彼女の身内を探しているようです」

「女のほうの身元は、わかったかね?」

「警部のいわれる感じの女性が、一人います。名前は柿崎由美。二十五歳で、M電機のバレーの選手です」

「彼女も、浦西みや子に、金を貸していたというんじゃあるまいね？」

「いや、貸したのは、彼女の姉の秀美です。秀美は、五つ年上の三十歳で、小さな美容院をやっていました。そこへ、浦西みや子が、客として行っていたわけです。口のうまいみや子は、秀美を欺して、金を出させて、その額が、いつの間にか、千五百万円にもなっていたようです。有利な投資先があるという話で釣ったようです。もちろん返しません。秀美は、店を手放した末、今年の九月末に自殺しています」

「その妹か？」

「そうです。由美は、姉が自殺したとき、ちょうど南米に遠征していて、帰国して、姉の自殺を知り、必死になって、自殺の原因を調べていたといわれます」

「そして、見つけたか」

「そう思います」

「彼女の行方は？」

「不明ですが、東京の自宅にも、会社にも帰っていません」

「彼女が、殺したのかな」

「実は、もう一人、容疑者がいます。浦西みや子の恋人です」

「やはり、男がいたんだな。どんな男だ?」

「自称、投資コンサルタントで、名前は、小野木豊。四十歳です。口のうまい男で、今いった柿崎秀美の場合も、この男が投資の専門家になりすまして、浦西みや子と二人で、欺したわけです」

「この男は、今、どこにいるんだ?」

「これも、行方不明です。調べてみてわかったのは、この男が、二十七日に彼女のマンションの家財道具を売り払って、その金を持って、行方をくらませたことです」

「浦西みや子が、頼んでいたのかな」

と、十津川は呟いた。

その電話のあと、十津川は、旅館の主人に、浦西みや子が外に電話をしなかったか、聞いてみた。

「部屋から、外に電話はなさいませんでしたが、電話が掛かってきたことはありますよ」

「それは、いつです?」

「確か二十九日の午後九時ごろだったと思います。男の人の声で、そのあと外出されたんです」

と、旅館の主人はいってから、続けて、

「警察の方には、このことも、ちゃんと申し上げたんですがね」

だが、県警は、酒井刑事を犯人と決めつけていたので、この電話には注意を払わなかったのだ。

十津川の頭の中で、少しずつストーリイができあがっていく。

浦西みや子は、K組の真田に借金を催促され、身の危険を感じ、あわててこの不老不死温泉に身を隠した。多分、来る途中で、小野木に電話をし、マンションの家財道具を売却し、その金を持って来てくれと、頼んだのだろう。酒井刑事に色目を使ったのは、なぜなのか？　おそらくあわてて逃げて来て、金がないので、酒井をうまく欺し、当座の金を手に入れようと考えたのではないか。

ところが、翌日になって、小野木から連絡があり、金が手に入った。だから、掌を返したように、酒井に冷たくなったのだ。

ここまでは、推理ができる。だが、小野木は、今、何処にいて、柿崎由美は、何をしたのか？

それは、矢木父娘が、なんとか解決してくれるだろう。

翌日の昼近くになって、矢木刑事から電話が入った。十津川は、柿崎由美と秀美のこと、小野木のことなどを話して聞かせた。

「ところで、彼女は、見つかりましたか？」

「見つかりました。今、娘の明日美が見張っています。ここは、十二湖ですが、十津川さんもいらっしゃいますか？　それなら、お待ちしていますが」

「いや、ここは、青森だから、すべてあなたに委せますよ」

と、十津川はいった。

12

鰰作から、五能線で、三つめの駅が十二湖である。

名所といわれる十二湖があるので、駅前の国道沿いに、レストランやバス停、タクシー営業所、それに旅館などが並んでいる。

矢木が電話をすませて、明日美のところに戻ると、

「彼女、出かけるわよ」

と、明日美があわてた口調でいった。

旅館から、背の高い女性が出て来て、レンタカーに乗り込むところだった。

矢木と明日美は、タクシーの営業所に向かって、駈け出した。

小さな営業所で、二台しかない。その一台に乗り込むと、運転手に向かって、

「あのカローラをつけてくれ！」

と、矢木が叫んだ。

走り出した車の中で、矢木は、娘に十津川の言葉をそのまま伝えた。

「柿崎由美さんという名前なの」

明日美は、前方を見つめた恰好で呟いた。

由美の運転するカローラは、国道から、十二湖の矢印のついた道に曲がって行く。

道路は、ゆっくり登っていく。落石注意の看板が目につく。

右手に、日本キャニオンと呼ばれる大きな断崖が見えたが、由美の車は、停車せずに走り続け、十二湖に向かっている。

「浦西みや子を殺したのは、やはり彼女なの？」

と、明日美がきいた。

「動機もあるからね」

「それなら、なぜ、逃げないのかしら？」

「さあね。何を考えているのかな？」

「小野木という男も、姉さんの仇だと思って、狙っているのかしら？」

「そうだとすると、小野木は、このあたりにいるということだよ」

と、矢木はいった。

「雨が降ってきたわ」

明日美が、小さくいった。秋の細かい雨である。運転手がワイパーのスイッチを入れた。

頭上をうっそうとした樹々の枝が覆い始め、視界が悪くなってきた。気温が、この季節にしては暖かいので、雨が煙のようになっているのかもしれない。

いくつかの湖の横を通り抜け、案内所のある駐車場に着いた。

ここから先は、車は、通行止めになっている。由美のカローラは、先に着いていた。

矢木と明日美は、タクシーから降りると、小雨の中で由美を探した。

近くに、イトウの養魚場や、十二湖の成り立ちなどを知らせる展示場があり、五、六人の観光客が見物していたが、その中に由美の姿はなかった。

「あそこ！」

と、明日美が小さく叫んだ。

人の気配のない道を、登って行く由美の姿が見えた。

父娘は、後を追った。

由美は、ときどき腕時計に眼をやりながら、ひたすら山道を登って行く。

前方にいくつめかの湖が見えてきた。十二湖は、すべての湖の色が違うといわれるが、この湖の水面は、コバルトブルーだった。

人の気配はまったくなく、雨が頭上に茂る枝葉を叩く音だけが聞こえる。

「男がいるわ」

と、明日美がいった。

四十歳ぐらいの男が、湖岸に立っていて、由美がそれに近づいて行く。

矢木と明日美が、息を殺して、彼らを見守った。

二人は、何か話し合っているようだったが、突然、男がナイフを取り出した。

由美のほうが、背も大きく若いが、それでも、ナイフに追われて、後ずさりしていく。

「危ない！」

と、明日美が叫び、矢木が日ごろののろくささが嘘のように、猛烈な勢いで、飛び出して行った。

ぎょっとして振り向いた男に、矢木が躍りかかり、殴りつけた。

男が倒れて気絶してしまうと、矢木は、自分のしたことに、びっくりした顔になった。

「大丈夫かな」

と、呟いてから、柿崎由美に向き直った。

「柿崎由美さんですね？」

「ええ」

と、背の高い娘は青白い顔で肯いた。

矢木は、警察手帳を見せてから、

「不老不死温泉で、浦西みや子を殺しましたね？」

「――――」

由美は、黙っている。黙っているのは、自供したようなものだった。

矢木は、コートのポケットから、手拭いを取り出し、それを相手に渡した。

「まず、それで顔を拭いてください。せっかくの美しい顔が濡れてしまってますよ」

と、矢木は優しくいった。

由美は、微笑した。が、まだ、こわばっている。

「話してくれませんか」

と、間を置いて、矢木はいった。

明日美が、傍から、

「酒井さんという、とても優しい人が、不老不死温泉で、浦西みや子さんを殺した容疑で、逮捕されてるんです。助けてください」

と、必死でいった。

「私の姉が――」

と、由美がいった。

「浦西みや子に欺されて、自殺に追い込まれたんですね」

「ええ」

「だから、お姉さんの仇を討った？」

「不老不死温泉で、彼女を殺したわ。どうしても、姉のためにそうしたかったんです」

「どこで、殺したんですか？　露天風呂で殺したとは、思えないんだけど」

「あの夜、旅館の外に出て来たので、車の中に入れてから、九時ごろ殺したんです。それから、露天風呂まで運んで行って、投げ込んでおいたんです」

「その前にも、殺そうとして、露天風呂に行ったことがあったんじゃありませんか?」

「ええ。前の日の夜に。でも、ほかに男の人が入っていたので、あわてて戻りました」

「そのとき、あなたは、旅館の丹前を着ていませんでしたか?」

「十二湖の旅館の丹前を着て、車で行ったんです。弘前で借りたレンタカーです。丹前を着ていけば、怪しまれないと思ったからです」

「そのあと、なぜ、逃げなかったんですか?」

「もう一人、姉を欺した男がいると聞いていたからですわ。きっと、浦西みや子の近くにいると思って」

「そこに倒れているのが、その男ですよ」

「やっぱり。今日、旅館に電話をかけてきて、ここへ来てくれれば、姉を欺した男を教えるといったんです」

と、由美がいう。

「話してくれてありがとう」

と、矢木は微笑した。

「私を、逮捕しないんですか？」

「自首してください」

と、矢木はいい、明日美を促して、歩き出した。由美のほうが、狼狽して、

「私が逃げたら、どうなさるの？」

「そんな人じゃないと信じていますよ。それに、その下らない男は放っておきなさい。放っておいても、野垂れ死にする男です」

と、矢木はいった。

13

由美が自首して、酒井刑事が釈放されたのは、その日の夜である。

そのころ、不老不死温泉で、矢木と明日美が、露天風呂に入っていた。

「十三年ぶりに、おまえの裸が見られると思っていたのに、水着を着てるのか」

と、矢木が残念そうにいった。

明日美は、笑って、

「本当に、私が裸になったら、お父さんが困るんでしょう？」

と、いったとき、弘前署の若い片岡刑事が、懐中電灯を手にやって来た。

「矢木さん」

と、怒ったような声で叫び、

「署長が、おかんむりですよ。事件がすんだんだから、早く戻って来いって」

「久しぶりに、娘と一緒に、温泉を楽しんでいるといっておいてくれないか」

「娘さん？」

片岡は、あわてて懐中電灯を握り、その明かりの中に明日美が見えると、

「失礼しました！」

と、叫んで、背中を見せた。

「一緒に入らないかね？」

と、矢木が声をかけた。

「いえ、結構です」

と、片岡は背中を向けたまま、いい、歩き出しながら、

「何だか知りませんが、十津川警部が、矢木さんにお礼をいってましたよ」

死を運ぶ特急「谷川(たにがわ)5号」

1

人間一人を殺すのに、いったい、何分必要だろうか？

仁科貢は、今、一人の男を憎んでいる。

相手の名前は、前田哲夫という。仁科と同じ二十八歳だ。

六年前、二人は、新宿の同じデザイン学校を卒業した。在学中は、むしろ、仁科の方が、才能があると思われていたし、仁科自身も、自信を持っていた。

それが、六年たった現在、仁科は、まだ無名で、生活のために、町内会のお祭りのパンフレットまで書いているのに、前田の方は、今や、日本を代表する新進デザイナーとして、引く手あまただ。

才能の差や、運のなさが、こうさせたのなら、諦めがつく。前田に追いつこうと、努力もする。

だが、そうでないことが、最近になって、わかったのだ。

前田の出世作となったＴＡ電気の「二十一世紀へのイメージポスター」は、実は、仁科への注文だった。

渋谷に、若くて、売れないデザイナーたちが住んでいたアパートがあった。仁科も、前田も、そこに住んでいた。

ＴＡ電気が、新しい自社のイメージをという狙いで、有名なデザイナー林一郎に、ポスターのデザインを頼んだとき、林は、自分の教え子の仁科を推薦してくれたのである。

ＴＡ電気の広報部員が、アパートに来たとき、不運なことに、仁科は、留守だった。応対に出た前田が、その仕事を、さらってしまったのだ。

「仁科は、林先生と喧嘩していて、先生を恨んでいるから、そんな仕事は引き受けませんよ」

と、前田は、いったのだ。

つい最近まで、仁科は、前田が、そんな嘘をついて、仕事を奪ったとは知らなかった。最初から、林が、前田を推薦したと思い込んでいたのである。

恩師の林が、自分に冷たいのを、不思議に思っていたくらいだった。林の方は、折角、自分が推薦してやったのに、生意気に断わったと考えて、怒っていたのである。

真相を知って、仁科は、前田を問い詰めた。他の者がいるところでである。

しかし、前田は、笑って、「それは、君の被害妄想だよ」といった。

仁科は、彼を、林の家に連れて行って、シロクロをつけようとした。それが、一番いい方法だと思ったからである。

ところが、二人を前にした林は、驚いたことに、あの時は、最初から、前田君を推薦したと、前の言葉を、訂正したのだ。

明らかに、林は、前田に買収されてしまったのだ。それは、新進デザイナーとしてもてはやされる前田を、大御所の林も、無視できなくなったということだった。

仁科は、二重に打ちのめされた。

前田だけでなく、林まで敵に廻してしまった仁科は、デザインの世界では、完全に孤立してしまった。

決りかけた仕事も、二人の妨害で、来なくなった。

仁科は、前田を殺してやりたいと思った。

だが、前田を殺せば、自分が疑われるのは眼に見えていた。

TA電気のポスターのことで、仁科は、他のデザイナー仲間の前で、前田を難詰したからである。

前田を殺しても、自分が捕まったのでは、何にもならない。前田の苦痛は一瞬なのに、こちらは、何年も、刑務所で過ごさなければならないからだ。

仁科は、林も憎んでいた。平気で、金のために、前田の支持に廻ったからである。

一番いいのは、林を殺して、前田を、その犯人に仕立てあげることだった。それが出来れば、復讐は、完璧だ。

六十歳の林を殺すのは、簡単だろう。問題は、その犯人に、前田を仕立てることである。

最近、二人は親しく交際しているようだから、林が殺されれば、一応、前田も疑われはするだろう。しかし、仁科が、やみくもに、林を殺しても、その時間に、前田にアリバイがあったら、何にもならない。

両方の条件を満たすようなチャンスは、なかなか訪れそうもなかったが、八月に入って、それらしいチャンスがやって来たのである。

しかし、上手くやるためには、きっかり、十分の間に、林を殺さなければならなかった。

2

林は、学生時代に、登山グループに入っていたせいか、六十歳の今も、夏になると、山に登る。

前田も、林へのご機嫌とりでか、一緒に、夏山に登るようになっていた。

八月十二日に、林は、ひとりで、夏の谷川に出かけることになった。その前日、渋川の公民館で、講演をする前田は、渋川から、林に合流するのだという。

別に調べなくても、情報は、仁科の耳に入って来た。前田が、林と一緒に谷川に行くことを、吹聴して歩いたからである。前田にしてみたら、大御所の林と親しいことを、デザイナー仲間に知らせたかったのだろうし、林には、そんな前田が、可愛いのかも知れなかった。

林は、上野発一三時〇四分のL特急「谷川5号」に乗ることになっていた。この列車の渋川着が一四時四九分で、前田は、渋川から、この列車に乗って、林と合流する。

仁科は、このチャンスに、林を殺し、前田に、その罪をかぶせてやろうと思った。

仁科は、この列車を研究し、前もって、上野から、乗ってみた。

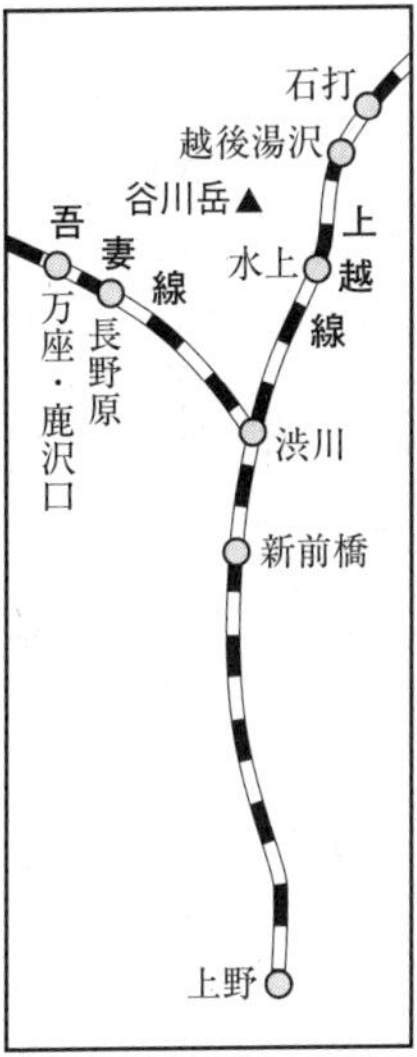

その結果、わかったことが、いくつかある。

L特急「谷川」は、十四両編成だが、いわゆる二階建編成で、水上、石打まで行く「谷川」が14号車から8号車まで、あとの7号車から1号車までの七両は、万座・鹿沢口行の「白根」である。

上野では、「谷川」と「白根」が、連結されて出発するが、分岐点の渋川から先は、「谷川」と「白根」に分割されるのである。

仁科は、この列車を利用して、林を殺し、その罪を、前田にかぶせられないかと考え、実際に、乗ってみた。

出発の十五分前に上野駅に着いた仁科は、一応、終点の石打まで切符を買って、中央改札口を通ったが、その場で、「おやッ」という顔になった。

いる。

上野駅は、ホームが並列していて、出発する列車は、ずらりと、尻を向けて並んで
列車名のマークが、後部にもついているのだが、肝心の「谷川」のマークが、見当
らなかったからである。

まだ、入線していないのかと思ったが、あと十二分で発車時刻である。
仁科以外にも、「谷川」に乗るためにやって来て、その列車が見つからずに、当惑
している乗客が、何人もいて、駅員にきいている。

仁科も、きいてみた。

三十五、六の駅員は、またかという顔で、

「そこに停まっているよ」

と、十四番線に入っている列車を指さした。

いわれて、ああと、仁科は、納得がいった。

そこに停車している白と緑のツートンカラーの列車には、「白根」のマークがつい
ている。それで、別の列車と思い込んでしまったのだが、考えてみれば、「谷川」は、
渋川まで、「白根」を、併結して走るのである。

上野駅では、前の七両が、「谷川」、後半分の七両が「白根」の形で、入線していた

のである。だから、最後尾に「白根」のマークが入っていたのは、当然なのだ。

念のために、長いホームを走って行き、先頭の14号車の前へ廻ってみると、当然ながら、そこには、「谷川」のヘッドマークがついていた。

仁科は、安心して、先頭の14号車に乗り込んだ。が、ここは、指定席である。

一三時〇四分。定刻に発車したあと、仁科は、14号車から、通路を、後の車両に向って歩いて行った。

全て（すべ）の車両を見ておかなければならない。

次の13号車は、グリーン車である。林は、このグリーン車に乗るだろう。
12、11号車が指定、10号車から8号車までが、自由席である。
8号車までが、水上、石打行の「谷川」である。

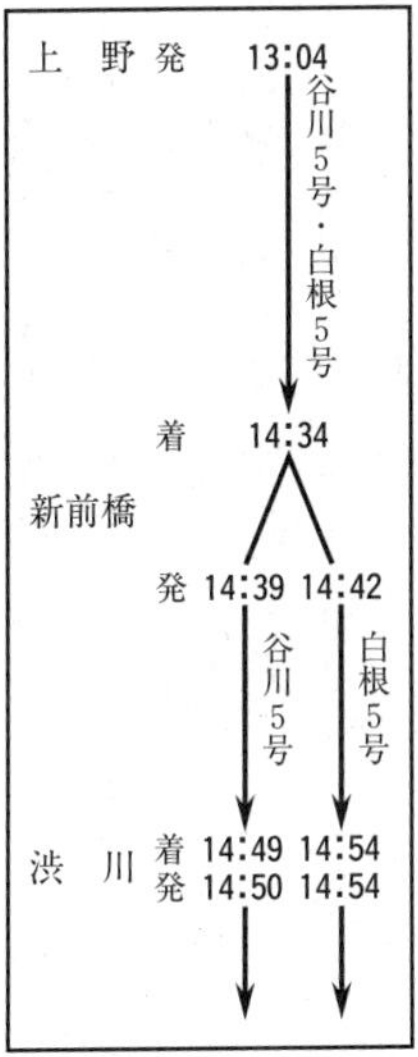

駅		谷川5号	白根5号
上野	発	13:04（谷川5号・白根5号）	
新前橋	着	14:34	
新前橋	発	14:39	14:42
渋川	着	14:49	14:54
渋川	発	14:50	14:54

そこで、行き止まりだった。8号車と、次の7号車は、運転席がついていて、貫通式ではないので、通路を歩いて、7号車に行くことは出来ない。

もし、間違えて、「万座・鹿沢口」行の車両に乗ってしまうと、走行中には、こちらの車両に移れないわけである。

(これも、覚えておかなければならない)

と、仁科は、思った。

もう一つ、実際に、「谷川」に乗ってみて、発見したことがあった。

併結していた「谷川」と「白根」は、渋川で、分れる筈だった。線路図を見ても、そうなっている。渋川が、上越線と、吾妻線の分岐点だからである。

しかし、実際に、列車が分割されるのは、一つ手前の新前橋だった(正確には、三つ手前だが、途中の二つの駅には、特急は停車しない)。

なぜ、手前の新前橋で、切り離してしまうのか? 答は簡単だった。

列車の切り離しには、専門の作業員が必要である。渋川は大きな駅だが、合理化で、その作業員がいなくなってしまった。そのため、作業員のいる、手前の新前橋で、切り離すのだと、仁科は、教えられた。

分岐点の手前で切り離した結果、どういうことが起きるか。

新前橋→渋川の間は、切り離された「谷川」と「白根」が、前後して、同じ線路を走ることになるのである。

時刻表によれば、前記のようである。

仁科は、こうした特急「谷川」「白根」の列車運行を利用して、林を殺すことを考えた。

問題は、時間だった。

「谷川5号」が、新前橋を発車してから、渋川に着くまでの十分間に、林を殺さなければならない。

ただ殺すだけではいけない。殺して、グリーン車のトイレに押し込まなければならないのである。それも含めて、十分間である。

3

八月十二日までに、仁科は、前田の持物を何か一つ手に入れる必要があった。

そのため、前田を尾行し、あるクラブで、彼が酔って、ホステスに抱きついている間に、テーブルに置いてあったカルティエのライターを盗み出すことに成功した。これには、前田の指紋がついている。それを消さないように、ポリ袋に入れた。

これで、用意は出来た。

いよいよ、八月十二日。少し早目に上野に着いた。

登山帽にサングラス。それにボストンバッグという恰好（かっこう）である。それに、真っ赤なブルゾンという派手な服装にしたのは、もちろん、魂胆（こんたん）があってのことだった。

今日は、「万座・鹿沢口」までの切符を買い、改札口を通ると、「白根」の自由席に乗り込んだ。

林が、果して、「谷川」のグリーン車に乗ったかどうかは、確認しなかったが、山好きの林のことだから、乗った筈である。もし、中止したのなら、こちらも、中止して、次のチャンスを待てばいいのである。

ウィークデイだが、夏休みに入っているせいか、ほぼ、満席だった。夏山ということもあるから、「谷川」の方が、もっと、混（こ）んでいるだろう。

定刻の一三時〇四分に、列車は、出発した。

この列車は、上野―大宮（おおみや）間に使われているのと同じ国鉄の新しい車両なので、内部も、きれいである。

その上、窓が開く。もちろん、冷房がきいているのだが、それでも、窓を開けて、風を入れている乗客もいる。新幹線をはじめ、窓の開かない車両が増えてくると、特急列車で、窓が開けられるというのが、珍しいのだろうか？

赤羽、大宮と、停車していくにつれて、車内は、混んで来た。

仁科は、大宮から乗って来た若い女の二人連れに、「どうぞ」と、席を代った。

「どこまで行くんです？」

「草津温泉に行くんです。夏に温泉なんて、しゃれてるでしょう？」

座った方の女が、ニッコリ笑っていった。

仁科は、すかさず、

「偶然ですね。実は、僕も、草津温泉に行くんですよ」

と、いってから、

「そうだ。自己紹介をしておきましょう」

仁科は、用意してきた名刺二枚を、彼女たちに渡した。

「デザイナーなんですか？　素敵だわ」

と、彼女たちがいう。

「売れないデザイナーですよ」

と、仁科は、いった。

女子大生だという彼女たちの名前を聞いたり、映画や、テレビの話をしながら、仁科は、時間を計っていた。

高崎発が、一四時二六分。あと、八分で、「谷川」と「白根」が分割する新前橋に着く。

仁科が、少しずつ、口数を少なくしていき、彼女たちだけの会話になるように持っていった。

うまい具合に、彼女たちは会話に熱中している。

仁科は、そっと、席を離れた。

隣りの車両のデッキで、登山帽をとって、二つに折って、ポケットに押し込み、真っ赤なブルゾンを裏返しにして、着直した。裏側は、白である。

一四時三四分。新前橋着。

作業員が、さっそく、列車の分割作業を始めた。

ホームにおりて、それを写真に撮っている少年もいる。

「谷川」の方は、この新前橋に五分停車して発車し、「白根」は、その三分後に発車する。

仁科は、「谷川」が、発車する直前に、乗り込んだ。

一四時三九分に、「谷川」は、新前橋のホームを離れた。

このあと、十分間走って、渋川に着く。その十分間が、勝負である。

12号車に乗り込んだ仁科は、隣りのグリーン車を、のぞいてみた。

グリーン車も、ほぼ、満席である。

林はすぐわかった。見事な銀髪だからである。それに、渋川から、前田が乗ってくるので、林の隣席は、空いていた。

すでに、三分過ぎている。

仁科は、サングラスをかけ直し、グリーン車の通路に入って行った。

乗客は、窓の外の景色を見ていて、仁科に注意をする者は、誰もいない。

仁科は、林の横に来ると、

「林先生」

と、小声でいった。

びっくりしたように、林が、眼をあげた。

「ちょっと、来て下さい」

仁科は、そういって、トイレに向って、歩いて行った。

林が、何だろうという顔で、座席から立ち上り、ついてきた。

仁科は、トイレの前まで来て、振り向いた。
林が、馬鹿にしたような眼で、仁科を見た。
「なんだ。君か」
仁科は、トイレの扉を開けると、いきなり、林の腕をつかんで、押し込んだ。
「何をする！」
と、林が、甲高い声を出した。
仁科は、扉を閉めると、林のくびを絞めた。
林は、小柄な上に、六十歳である。たちまち、ぐったりしてしまった。
仁科は、もう一度、林のくびを絞めた。
林の身体が、トイレの床に頽れた。
脈を調べてから、用意してきた前田のカルティエのライターを、死体の横に置いた。
ふうッと、仁科は、大きく、息をついた。
しかし、まだ、終ってはいない。
腕時計に眼をやった。
間もなく、渋川着である。
ぎりぎりまで、トイレにいなければならない。渋川を過ぎる前に、死体が見つかってはならないからだ。

スピードが落ちた。間もなく、渋川に着く。

渋川には、一分停車である。

列車が、ホームに入る。停車する寸前に、仁科は、トイレを出た。扉をきちんと閉める。

垂れ流しのトイレだから、停車中は使用しないで下さいと書いてある。渋川に停車中は、誰も、入らないだろう。

仁科は、素早く、隣りの車両まで走り、ホームにおりた。

丁度(ちょうど)、グリーン車に乗り込む前田の姿が、ちらりと見えた。

「谷川」は、すぐ発車した。

(成功した)

と、仁科は、思った。

4

残っているのは、仕上げだった。

五分後に、「白根」が、到着する。「白根」の渋川着が、一四時五四分で、渋川発も、同じ一四時五四分になっているのは、停車時間が、三十秒ということだろう。

仁科は、「白根」が着くと、乗り込んだ。

動き出した車内で、ブルゾンを、元通り、赤い方に直し、登山帽をかぶってから、通路を、歩いて行った。

二人の娘は、まだ、お喋りに熱中している。

仁科は、そっと近寄って行き、何気ない感じで、二人の話の中に入っていった。

「もう、渋川を過ぎたんだね」

と、仁科がいうと、一人が、

「気がつかなかったわ」

「お喋りに夢中だったからですよ。僕が、もうじき、渋川だといっても、聞こえなかったみたいだもの」

「ごめんなさい」

「あと、一時間くらいかな」

仁科は、窓の外に眼をやった。

渋川から、「谷川」の走る上越線と、「白根」の走る吾妻線は、どんどん分れて行く。

そのことが、仁科を、ほっとさせ、陽気にさせた。

これから先、上越線のどこで、林の死体が発見されても、吾妻線を走る「白根」に乗る自分が疑われることは、まず、ないだろう。

草津温泉に行くには、長野原(ながのはら)でおりて、あとは、バスに乗るのが、一番近い。

仁科は、終着の万座・鹿沢口まで買ってあるのだが、そんなことは、おくびにも出さず、一五時四〇分に、長野原に着くと、彼女達二人と一緒に、列車をおりた。

「白根」の乗客は三分の一ぐらいが、ここで降りた。

鉄筋二階建のスマートな駅である。駅のスタンプには、「天下に名高い草津温泉への駅」とある。

それだけに、ここで降りた乗客の大部分は、駅前のバス停に一直線に歩いて行く。

草津温泉行のバスが出発するまでの間、仁科は、カメラを取り出して、彼女たちの写真を何枚か撮り、写真を送る約束をして、住所を聞いた。

バスが走り出した時、仁科は、ちらりと、腕時計に眼をやった。

十六時になったところだった。

渋川から分れた特急「谷川」は、三分前に終着の石打に着いた筈である。

しかし、その前に、乗客が、トイレを使う筈だから、林の死体は、発見されている筈だ。多分、「谷川」の車内は、大騒ぎになっているだろう。特に、グリーン車の中は。

そのあと、仁科の希望通りに動いているだろうか？

「どうなさったの？」

彼女たちの一人が、きいた。

仁科は、われに返り、あわてて、

「え？　なに？」

「仁科さんは、どこの旅館にお泊りになるの？」

「ああ、そのことね。実は、まだ決めてないんだ。向うへ行けば、何とかなると思っているんだよ」

仁科は、呑気そうにいった。

草津温泉で、泊らなくてもいいのである。

ここへ来たという証拠さえ出来ればいいのだ。

こんな時は、何もかもうまくいくのか、簡単に、旅館が見つかった。丁度、予約していた客が、キャンセルしたところで、お客さんは、ついていますねと、仁科は、いわれた。

宿泊カードに、しっかりと、自分の名前を書き、夕食のあとで、ゆっくりと、温泉につかった。

殺人を犯したあとなのに、身体がふるえたり、林の断末魔の顔がちらついたりはしなかった。自分でも、不思議だった。むしろ、積年のつかえがおりたような爽快感があったくらいである。

温泉からあがり、酒を持って来て貰って、飲みながら、テレビをつけた。

七時のニュースでは、まだ、事件は、放送されなかった。

急に不安になってきた。まさか、林の死体が、見つからずにいるなどということはないだろうと思いながら、一方では、殺したと思ったのに、ひょっとして、息を吹き返したのではないか、それで、わざと事件を抑えて、警察が、犯人の自分を追っているのではないか、そんなことまで考えてしまった。それまでの爽快さが、一瞬にして、不安に変ってしまうのだ。

しかし、九時のニュースで、いきなり、

〈L特急「谷川」の車内で、デザイナー絞殺される〉

と、テロップが出て、仁科の不安は、吹き飛んだ。

仁科は、じっと、テレビを見つめた。

L特急「谷川」の写真が出る。アナウンサーの声が、それにかぶる。

――今日午後三時頃、上野発L特急「谷川5号」の車内で、東京都大田区田園調布に住むデザイナー林一郎さん、六十歳が、絞殺されているのが発見されました。

林一郎の顔写真が、ブラウン管に映し出される。

――「谷川5号」が、渋川を発車して間もなく、グリーン車の乗客の一人が、トイレに行き、ドアを開けたところ、絞殺されている林さんを発見し、車掌に届けたもので、警察では、同じグリーン車に乗っていた連れのデザイナー前田哲夫さん、二十八歳から事情を聞いています。

林さんは、日本デザイン界の長老で、国際的な賞を、種々、受賞しており――

(ここまでは、予想どおりだな)

と、仁科は、思った。

あとは、前田が、林殺害の犯人にされるかどうかである。

翌朝のテレビのニュースでは、前田哲夫の名前が、なぜか、急に、「重要参考人のMさん」に変った。

仁科は、いい傾向だと思った。多分、前田は、疑われ始めたのだ。だが、もし、無実の時に困るので、マスコミは、Mというイニシアルにしたに違いない。

（あと一日、ここに泊ることにしようか）

と、仁科は、考えた。

5

群馬県警捜査一課の矢木（やぎ）部長刑事は、四十歳だが、三十五歳から、とみに、髪の毛がうすくなった。

高校一年になった娘は、ますますおじん臭くなったという。自分でも、時々、鏡を見て、愕然（がくぜん）とすることがある。髪はうすいし、下腹は出てくるし、背は低いし、娘が、一緒に歩きたがらないのも無理はない。ふと、そのことで、真剣に悩み、アデランスにしようかとか、減量のためのジョギングでも始めようかと思ったりするのだが、事件が起きると、けろりと忘れてしまうのである。

上野発、水上・石打行の「谷川５号」の車内で、乗客の一人が殺され、渋川署に捜査本部が置かれた時も同じだった。

前日まで、アデランスのパンフレットを読んだり、新しい養毛剤を買って試したりしていたのに、そんなものは、すっかり忘れてしまった。ジョギング開始に備えて買ったトレイナーも、もちろん、家に置いたままである。

最初、同じグリーン車に乗っていた若手デザイナーの前田哲夫には、疑惑は、もたれていなかった。

しかし、死体のあったグリーン車のトイレで、カルティエのライターが発見されてから、事態が急変した。

そのライターに、T・Mのイニシアルが彫ってあったので、前田に、「あなたのものじゃありませんか?」と、きいたところ、彼は否定した。だが、ライターから検出された指紋が、前田のものだったのである。

前田は、自分のものと思ったが、変に疑われると困るので否定した、ライターは、多分東京のどこかで落としたのだろうと弁解したが、警察の態度は、一変してしまった。

単なる証人から、重要参考人になってしまったのである。

殺された林一郎と、前田哲夫のことは、東京の警視庁に依頼して、調べて貰った。

林が、日本デザイン界の長老だということ、前田の方は、若手のデザイナーとして、売り出し中ということが、報告されてきたが、群馬県警が、関心を持ったのは、次のエピソードだった。

前田が売り出すきっかけとなったＴＡ電気の宣伝ポスターは、林が、教え子の一人、仁科貢というデザイナーの卵を、推薦したのだが、それを、前田が、横取りしてしまった。最近になって、そのことがわかって、もめたというエピソードである。

訊問に当った田辺警部が、そのことをきくと、前田は、これについても、

「そんなのは、私をねたむ者の作り話ですよ」

と、いった。

「しかし、林さんが、ＴＡ電気の人に、なぜ私の推薦した仁科君を使わなかったのかときいたことがあるんですよ。ＴＡ電気の広報部長が、そう証言しているそうですがね」

田辺が、問い詰めると、前田は、急に、頭をかいた。

「そうですか。じゃあ、そういうことにしておきましょう。昔のことなので、忘れましたよ」

「林さんからも、そのことで、いろいろといわれたんじゃありませんか？　それで、喧嘩になった」

と、田辺がいうと、前田は、急に、顔色を変えて、

「冗談じゃない。私は、林先生を殺してなんかいませんよ。私は、あの人を尊敬して

いるんだ。あの人なくしては、現在の日本のデザインはありませんからね」

「その林さんのことを、時代おくれのデザイナーと、けなしていたんじゃありませんか？」

「とんでもない。私は、林先生を尊敬していたからこそ、昨日も、渋川から『谷川5号』に乗って、先生と、谷川岳に登ることにしていたんですよ」

「あなたのデザイナー仲間は、あなたが、酔うと、林さんの悪口をいっていたと証言しているそうですがね」

「私が、若手の中では、一番売れているので、やっかみですよ。話にならないな。そんな陰口を、警察が信じるなんて。私はね、一昨日の八月十一日に、渋川の公民館で、財界人相手に講演しているんですよ。そして、十二日に、渋川から『谷川5号』に乗ったんです。林先生と合流して、谷川岳に登るためです」

「十一日に、あなたが、公民館で講演したのは、知っていますよ。調べましたからね。財界人を集めて、ビジネスにおけるデザインの効用という題でしたね。十一日は、渋川駅近くのMホテルに泊り、翌日の十二時にチェック・アウトしたこともです」

「私はね、『谷川5号』に乗ってから、グリーン車に、林先生がいないんで、探していたんですよ。そしたら、先生の死体が発見されて、大騒ぎになったんです。私が殺していないことは、はっきりしてるじゃないですか」

「あまり、はっきりしているとはいえませんね」

と、田辺は、いった。

訊問をすませた田辺は、矢木たちに向って、

「いやな男だ」

と、吐きすてるようにいった。

「どうも、ああいう男は、好きになれんよ。平気で、嘘（うそ）をつくからな。それも、自分に有利になるようにだ。そうやって、ライバルを蹴落（けお）として、有名になって来たんだろうがね」

「そうなると、被害者の林一郎を、尊敬していたというのも、信じられませんね」

渡辺（わたなべ）刑事が、いった。

「東京からの連絡でも、前田は、林先生、林先生といって、ゴマをすっていたが、陰に廻ると、もう時代おくれのデザインだとか、ケチなおやじだとか悪口をいっていたらしい。被害者の持っているデザイン界の力を利用したくて、近づいていたんだろう。それが、被害者にも、うすうすわかっていたんじゃないかね。それで、昨日、列車の中で、衝突してしまい、かッとなった前田が、被害者を絞殺したんだろう」

「なぜ、前田は、死体が発見される前に、逃げなかったんでしょうか?」

と、他の刑事がきくと、田辺は、笑って、

「それが、天網かいかいというやつさ。前田は、渋川から、『谷川5号』に乗った。この時は、まだ、被害者を殺す気はなかったと思うね。乗ってから、口論になったんだろう。かッとして、殺してしまってから、トイレに死体を隠し、次の駅で逃げようと思ったんじゃないかな。ところが、死体は、渋川を出て間もなく、発見されてしまった。次の沼田には、一五時〇七分に着くんだが、その数分前に発見されてしまったんだ。大騒ぎになり、前田は、被害者の隣席の切符を持っていたんで、逃げるに逃げられなくなってしまったんだ」

「なるほど」

「被害者は、六十歳だし、小柄だ。それに比べて、前田は、二十八歳と若いし、身体も大きい。くびを絞めて殺すのは、簡単だったと思うねえ」

田辺は、もう、前田哲夫が犯人と決めてしまったいい方をしたが、ずっと黙っている矢木のことが気になったのか、

「君は、どう思うね?」

と、きいた。

「私は、仁科貢という男に、興味があります」

　矢木は、うすくなった頭髪を、指でかきながらいった。

「仁科？　ああ、前田と同じ若手のデザイナーか」

「前田に欺されたために、今でも、無名でいるデザイナーです。この男には、鬱屈したものがあるでしょうし、前田を憎んでいる筈です」

「しかし、殺されたのは、前田じゃなくて、林一郎だよ」

「そうです。仁科は、前田をひいきにする林にも、腹を立てていたんじゃないでしょうか。だから、同じグリーン車内で、林が死んでいれば、前田が疑われると、読んだことも考えられますが」

「ちょっと待ちなさい」

　と、田辺は、矢木をさえぎって、

「昨日、『谷川５号』のグリーン車のトイレで、林一郎の死体が見つかった時、次の沼田で停車してから、乗客全員を調べてある。グリーン車の乗客だけじゃない。七両全部の乗客だよ。その中に、仁科貢という男はいなかった。いれば、前田が、友人だから、すぐ気付いたと思うがね」

「それは、わかっていますが、やはり、気になります。警視庁からの報告の中に、仁科が、十二、十三日と、アパートに帰っていないとあるのも、気になります」

「じゃあ、君は、前田は、犯人じゃないと思うのかね？」

「いえ。そうはいっていませんが、林一郎を殺す動機としては、前田より、仁科という男の方が、強いものを持っているような気がするのです」

矢木は、頑固にいった。

田辺は、しばらく考えていたが、ベテランの矢木に敬意を表するように、

「それなら、東京へ行って、仁科貢という男に会って来たまえ」

6

矢木は、東京へ着くと、まず、警視庁に、十津川を訪ねて、協力の礼をいった。

「ああ、県警の田辺警部から、さっき、電話があって、君のことを聞いたよ。県警では、同じグリーン車に乗っていた前田哲夫を犯人と見ているが、君は、それには反対で、仁科貢を怪しいと思っているそうだね」

十津川にいわれて、矢木は、頭をかいた。

「反対なんかはしておりません。今の段階では、前田哲夫の容疑が濃いです。ただ、

私は、負け犬の仁科貢の方に、非常に興味を感じただけのことです。捜査は、完全であって欲しいと思っていますので」

「それなら、うちのカメさんと気が合うだろう。彼も、同じだからね」

と、十津川は、亀井を紹介した。

亀井は、簡単にあいさつしてから、

「行きましょうか」

と、矢木にいった。

「行って貰えますか」

「実は、私も、仁科貢という男に、興味があるのですよ。さっき、アパートに電話したら、帰宅していましたから」

二人は、電車で、下高井戸へ行った。午後七時を過ぎていて、昼の暑さは、少しは、和らいでいた。

仁科貢の住むアパートは、京王線の駅から、歩いて十二、三分のところにあった。

「前田哲夫とは、大変な違いですね。向うは、原宿にある豪華なマンションです」

うす暗い入口を入りながら、亀井が、いった。

プレハブ造りのアパートの二階に、仁科の部屋があったが、ドアの横に、「仁科デザイン工房」という大きな看板がかかっている。五、六階建のビルにふさわしいような看板だった。

「大したものですな」

と、矢木は、手で、その看板をなぜた。

亀井が、ドアをノックした。

すぐ、仁科が、ドアを開け、亀井の差し出す警察手帳を見ても、別に驚く様子もなく、

「さっき、電話下さった方ですね。どうも、一昨日、昨日と留守にしていて、申しわけありませんでした」

と、いって、二人を、招じ入れた。

六畳の居間と、四畳半が二つ、その居間の方に、通された。

「十二日から、どこへ行っておられたんですか？」

と、亀井が、きいた。

「草津温泉です。たまには、温泉もいいと思いましてね」

と、仁科は、笑った。

矢木は、頭の中で、草津温泉の場所と、渋川の位置を、思い浮べていた。

「事件は、ご存知ですね？」

亀井が、きく。

「ええ。草津温泉の旅館で知りました。テレビのニュースでやりましたからね。びっくりしましたよ。林先生は、私の恩師ですから」

「十二日に、行かれたんですね？」

矢木が、ぼそっといった。

「ええ、そうです」

「上野を何時に出る列車に乗られたんですか？」

「一三時〇四分上野発の特急『白根５号』です」

と、仁科がいう。

矢木は、「白根５号」と口の中で呟いてから、

「それは、『谷川５号』と、併結して走るんじゃありませんか？」

「よくご存知ですね。乗られたことがあるんですか？」

仁科が、ニコニコ笑いながら、きき返した。

「今日も、上りの『白根』に乗って来ましたよ。いや、『谷川』だったかな。渋川から乗ったから、どちらでもいいんです」

「渋川なら、そうでしょうね」

「あなたが、十二日の『白根5号』に乗ったということは、殺された林一郎さんと、同じ列車に乗ったということでもある」

「それは、こじつけじゃありませんか。まるで、僕が、林先生を殺したようないい方だが、先生が殺されたのは、『谷川5号』と、『白根5号』が、上越線と、吾妻線に分れた渋川の先ででしょう。そうなら、先生が死んだ時、分れた列車にいたことになりますよ」

「正確にいえば、殺された時ではなく、死体が発見された時はです」

と、矢木は、律義に訂正した。

「どっちでも似たようなものでしょう。それに、僕は、上野から、『白根5号』に乗り、大宮からは、二人の女子大生と一緒だったんです。草津までね。僕に、林先生が殺せないことは、その二人が、証明してくれますよ」

「その女子大生の住所と名前は、わかりますか？」

「ええ。何枚か写真を撮ったので、出来たら送るつもりで、聞いておきました。二人とも埼玉の女性ですが」

仁科は、手帳を出して、その名前と住所を亀井と矢木に教えた。

矢木は、それを、自分の手帳に書き写しながら、

「前田さんを好きですか？」

と、何気ない調子で、きいた。

仁科は、一瞬、言葉に詰った顔になって、

「正直にいえば好きじゃありませんね」

7

矢木と亀井は、二人の女子大生が、草津温泉から自宅に帰っているのを確めてから、埼玉の大宮へ出かけた。

大宮駅は、東北、上越の両新幹線の始発駅になって、巨大化し、街も、大きくなっている。

それに、今は、この辺から、東京の職場に通って来るサラリーマンも多い。

浅野（あさの）さつきと、沢田美津子（さわだみつこ）という二人の女子大生は、大宮市内の２ＤＫのマンションで共同生活をしていた。

「刑事さんに、訊問されるのって、生れて、初めてだわ」

と、背の高いさつきが、嬉しそうにいい、小柄な美津子は、冷蔵庫から、冷えたコーラを出して、グラスに注いでくれた。

五階の部屋で、窓を開けると、涼しい風が、部屋に入ってくる。

「八月十二日に、草津温泉へ行きましたね？」

と、矢木が、きいた。

亀井は、この事件では、あくまで、脇役に廻るつもりなので、訊問は、矢木に任せていた。

「ええ。行ったわ」

「大宮から、『白根5号』に乗ったわけですね？」

と、さつきがいう。

「ええ」

「車内で、仁科貢という男に会いましたか？」

「ええ。会ったわ。ねえ？」

さつきが、声をかけると、美津子が、

「大宮から乗ったら、もう満席だったんです。そしたら、男の人が、席をかわってくれたんです。ええ。名刺をくれたから覚えてます」

と、いい、仁科の名刺を、机の引出しから出して来て、矢木たちに見せた。

「草津温泉まで、一緒に行ったんですね？」

「ええ。ずっと、列車で一緒で、一緒に、長野原でおりて、バスで、草津温泉まで行きましたわ。途中で、写真を撮ってくれて。出来たら、送って下さるって、いってたんですけど」

「彼は、送るといっていましたよ。あなた方は、前もって、旅館を予約しておいたんですか？」

「ええ。もちろん」

「彼は、どうでしたか？」

「予約してなくて、向うへ行けば、どうにかなるだろうって、いってましたわ。大丈夫だったのかしら？」

「大丈夫だったようですね。それから、彼は長野原までの切符を持っていましたか？駅で、乗り越しの料金を払っていたんじゃありませんか？」

「いいえ。さっと、切符を渡して、改札口を通って行ったわ」

と、さつきが、答えた。

「本当ですか？」

矢木は、しつこくきいた。

さつきは、外国人みたいに、肩をすくめて、

「嘘なんか、ついてないわ」

「仁科は、ずっと、あなた方と一緒にいましたか？」

「ええ。ずっと一緒だったわ」

「お二人は、大変、仲が良さそうですね？」

「ええ。美津子と一緒だと楽しいわ。気が合うし――ねえ」

と、さつきは、美津子を見た。

美津子は、クスッと笑って、

「性格は、反対みたいですけど、何となく、気が合うんです。ぺちゃくちゃ二人でお喋りしていると、あきないんです」

「今度の旅行の時も、二人で、お喋りを楽しんでいたんじゃありませんか？」

矢木も、ニコニコ笑いながら、きいた。

「ええ。もちろん」

「草津へ行く『白根』の中でもでしょう？」

「ええ」

「渋川で、『谷川』と『白根』が分れるわけだけど、その時、気がついていましたか？」

「彼が教えてくれたから、知っていたわ」

と、さつきが、いった。

「仁科が、教えてくれたんですか？」

「ええ。彼が、教えてくれたの。もう渋川を過ぎたねって」

「あなた方は、渋川を過ぎたのを知らなかったんですか？」

「多分、あの時は、二人は、お喋りに夢中だったのね」

さつきは、あははと、愉快そうに笑った。

「じゃあ、新前橋へ着いた時のことも覚えていないわけですね？」

「新前橋って、どの辺だったっけ？」

と、さつきは、美津子を見た。

「新前橋だから、前橋の近くでしょう」

美津子も、頼りないいい方をした。

「車窓の景色は、見ていなかったんですか？」

矢木がきくと、さつきは、また、大げさに肩をすくめて、

「大宮から乗って、しばらくは、窓の外も見てたけど、途中から、あきちゃって、お喋りばかりしてたわ。私たちは、草津温泉へ行くんで、途中の景色を見るのが目的じゃなかったから――」

「あなた方は、列車の中で、お喋りに夢中だった。とすると、仁科が、傍からいなくなっていても、気がつかなかったんじゃないかな？　違いますか？」

「そうかも知れないけど、長野原まで一緒だったわ。ねえ」

「ええ。大宮から、長野原まで、ずっと一緒だったと思いますわ。一緒にいましたもの。座席が一つしかなかったんで、時々、交代して、座っていたんですよ」

さつきも、美津子も、そんないい方をした。

どこか、のれんに腕押しの感じだった。

矢木は、黙ってしまい、亀井は、「どうもありがとう」と、二人の女子大生にいった。

8

二人の中年刑事は、駅前のそば屋に入って、早目の夕食に、ざるそばを注文した。

「私は、そばを肴に、酒を飲むのが好きなんですが、今は、とうてい、そんな気になれません」

と、矢木が、いった。

「仁科が、犯人と思いますか?」

亀井は、単刀直入にきいてみた。

「もちろん、あの男が、犯人です」

矢木は、きっぱりといった。

「しかし、群馬県警は、前田哲夫を、犯人と見ているのでしょう?」

「それは、間違っています」

矢木は、頑固にいった。

亀井は、「ふーむ」と、小さく唸った。

冷静に見て、今の段階では、草津温泉へ行った仁科貢より、前田哲夫の方が、容疑が濃いと、亀井は、思う。

県警が、前田を犯人と見たのは、当然のことだろう。それなのに、この刑事は、それが間違いだという。

(向うでも、煙たがられているかも知れないな)

と、亀井は、思った。しかし、だからといって、矢木というこの刑事が、嫌いにはならなかった。むしろ、頑固な矢木に、好感を持ったくらいである。亀井にだって、同じような一面があるからだ。

「仁科が犯人だと思う理由は、何ですか？」

と、亀井は、微笑しながら、きいた。

「勝者は、何事にも寛大なものですが、敗者は、それが出来ません。ちょっとしたことで傷つき、相手を憎むものです」

矢木は、運ばれてきたそばを、ぼそぼそ食べながら、いった。

「前田が勝者で、仁科が敗者だということですね？」

「そうです。成功した人間は、少しのことでは、傷つきません。それに反して、いつも挫折している人間は、ほんの少しのことで傷つきます。これは、冷厳な事実です。私自身は、成功した人間よりも、いつも失敗している人間の方が好きですが」

「でも、仁科が、どうやって、林一郎を殺したか、想像がつきますか？」

「ついています」

「ほう」

亀井は、眼を大きくして、眼の前で、ざるそばを食べている矢木を見た。

「仁科は、十分間の勝負に賭けたんですよ。他に、考えようがありません。私には、わかります。特急『白根』は、『谷川』と併結して、上野を出発します。被害者の林一郎は、『谷川』に乗り、仁科は、『白根』に乗っている。もちろん、仁科は、わざと、『白根』に乗ったのです。線路は、渋川で分岐しているが、列車が、実際に分割するのは、一つ手前の新前橋です。つまり、新前橋から渋川までの十分間、『谷川』と『白根』は、同じ線路を、前後して走るわけですよ。仁科は、それを利用したんです。分割して、先に出発する『谷川』の中で、林一郎を殺し、次の渋川でおりて、あとから来る『白根』に乗り込み、草津温泉へ行ったんです。そのアリバイ作りに、さっきの二人の女子大生を利用したんですよ」

「どうでした？　あの二人は？」

「お話になりません」

矢木は、吐き捨てるようにいった。

「お喋りばかりしていたから？」

「そうです。仁科は、うまい人間を選んだと思いますよ。抜け目がない男です。あの二人は、肝心の十分間、お喋りに夢中で、仁科がいたのかいないのか、全く覚えていない。彼女たちが覚えているのは、大宮から一緒になって、長野原まで一緒だったということだけです」

「しかも、渋川を出たところで、仁科が、声をかけたのは覚えてましたね。渋川を出たのを、仁科に教えられたといっていた」

「仁科は、渋川では、『白根』に乗っていたことを、印象づけたかったんでしょう。うまく、立ち廻ったわけです。しかし、私は、仁科が、渋川を出たところで、二人に、わざわざ声をかけたということで、逆に、彼が犯人だという確信を強めました。普通の男なら、お喋りに夢中の女の子の間に、わざわざ、割り込んでいかないものです」

「しかし、仁科の犯行を証明することは難しいんじゃないですか？　さっきの二人は、あなたのいう十分間、仁科と一緒だったといってはいないが、彼がいなかったともいっていない。裁判になれば、ずっと一緒だったというように証言すると思いますね。事実、大宮で一緒になり、長野原で、一緒におりたわけですからね」

「そうです。ああいう、あいまいな証言を崩すのは、一番難しいと思います。しかし、問題の十分間、仁科が、『白根』にいたという証拠はなかったわけですから、私は、自分の推理に、自信を持っています」

「これから、どうするつもりですか？」

「あの仁科という男に、食いついてやりますよ。まず、長野原に行って来ます」

と、矢木は、食べかけのまま、箸を置いた。腕時計に眼をやって、

「急げば、『白根7号』に間に合いますので、失礼します」

9

亀井が、あっけにとられているのに構わず、自分のそば代を置くと、そば屋を飛び出した。

大宮駅に駈けつける。一六時五五分、大宮発の「白根7号」に、どうにか、乗ることが出来た。

長野原に着いたのは、一九時二四分である。もう、周囲は、暗くなっている。

矢木は、駅長に会って、協力を求めた。

「八月十二日に、ここでおりた乗客の中に、上野から、終点の万座・鹿沢口までの切符を出した者がいる筈なんです。その切符を探してくれませんか」

と、矢木は、いった。

駅員が、八月十二日分の切符を出してきて、一枚ずつ調べてくれた。

「一枚ありましたが、上野から、同じ料金なので、別に問題はありませんが」

と、駅員が、その切符を、矢木に渡しながらいった。

矢木は、その切符を、丁寧に、ハンカチに包んだ。

これは、仁科が持っていた切符に間違いないのだと思う。彼は、「白根」に乗ってから、自分に都合のいいアリバイ証人を見つけた筈である。

その証人は、どこで降りるかわからないのだから、仁科は、一応、終点までの切符を買った筈だと、矢木は、考えたのである。

その夜、矢木は、草津温泉へ行き、仁科が泊ったという旅館に足を運んだ。

小さな旅館だった。あいにく、部屋が満室だという。

「じゃあ、廊下にでも寝かせてくれ」

と、矢木は、いった。

「でも、お客さんに、申しわけありませんから」

「いや、構わんさ。ふとん部屋でもいい。その代り、こちらの質問に答えて貰いたいんだ。八月十二日に、仁科貢が、泊っているね？」

「ええ。お泊りになりました。名刺を下さったので、よく覚えているんです」

女中は、ニコニコ笑いながらいった。

(名刺をばらまいていやがる)

と、矢木は、苦笑した。

「ここに、二日間、泊ったんだね？」

「はい」

「どんな様子だった？」

「いつも、ニコニコ楽しそうにしていらっしゃいましたわ」

「いつも、ニコニコね」

それは、きっと、計算通り、林一郎を殺せたからだろう。それに、その罪を、前田哲夫にかぶせることに成功したからだ。

「その他に、何か気がついたことはないかね？」

「ちょっと変ったところもおありでしたわ。普通は、草津熱帯園とか、殺生河原（せっしょうがわら）とかを、散歩なさるんですけど、あのお客さんは、ずっと、部屋にいて、よくテレビを見ていらっしゃいましたわ」

「なるほどね」

矢木は、肯（うなず）いた。成功したが、やはり、その後の警察の動きが、心配だったのだろう。

その夜、矢木は、ふとん部屋に寝かせて貰った。窮屈な姿勢で眠ったせいか、翌朝、身体中が痛かった。

「どうも、申しわけありませんでした」

と、しきりに詫びる女中に、矢木は、手を振って、

「私が、突然、やって来たから悪いのさ」

「仁科さんに、お会いになりますか？」

と、女中が、きいた。

「多分、会うと思うが、何だね？」

「これを、部屋にお忘れになったので、渡して頂きたいと思いまして」

女中は、ボールペンを、差し出した。平凡な、黒いボールペンだが、そこに、「第九回新宿デザインスクール卒業記念」と、白く、彫ってあった。

「ここに忘れていったことを、仁科に知らせたかね？」

「昨日、お電話してみたんです。名刺がありましたから。でも、お留守らしくて」

「じゃあ、もう電話はしないで欲しい。私が直接、彼に渡すからね」

と、矢木は、いった。

矢木は、そのボールペンを、ハンカチに包んだ。

（これを、生かすことが出来るだろうか？）

10

矢木は、いったん、群馬県警に戻った。

田辺警部は、矢木の顔を見ると、

「どうだね？　納得できたかね？」

と、きいた。

「何がですか？」

「仁科が、ホシではなく、前田哲夫が、犯人だということだよ」

「いいえ、東京で、仁科に会って、ますます、彼が犯人だという確信を持ちました」

「困ったね」

と、田辺は、溜息をついて、

「仁科が、自供したのかね？　それとも、彼が犯人だという証拠でも見つかったのかね？」

「いいえ」

「じゃあ、なぜ、仁科に拘わるんだ。県警としては、前田哲夫を、ホシだと考えているんだから」

「仁科が、犯人だからです」

「君。信念だけで、動き廻られては困るんだよ」

田辺は怒ったような声でいった。

「もう一度、東京へ行かせて下さい」

「それで、どうなるんだね？」

「仁科が、林一郎殺しの犯人であることを証明して見せます」

「出来なかったら？」

「どんな処分を受けても、結構です」

「駄目(だめ)だといっても、行く気なんだろう？」

「はい」

「うーん」

と、田辺は、唸ってから、

「仕方がない。もう一度だけ行きたまえ。しかし、私が喜んで許可しているとは思いなさんな」

「もちろん、わかっています」

と、矢木は、いった。自分が、上司に煙たがられていることも、わかっていた。

その日、矢木が、東京に出たのは、昼過ぎである。

警視庁の亀井に電話して、もう一度、つき合って欲しいと頼んだ。

亀井と会って、「どうも、申しわけありません」と、矢木が、いった。

「また、一緒に、仁科に会いに行って貰いたいんです」

「彼が、犯人だという証拠が見つかったんですか？」

「いや、見つかりません。しかし、確信は、一層、強まっています」

「しかし、よく県警が、許可しましたね？」

亀井がいうと、矢木は、笑って、

「これが最後だといわれました」

「それにしても、あなたは、頑固だな」

と、亀井は、呆れたようにいった。

仁科は、アパートにいた。矢木たちの顔を見ると、

「またですか」

「君が、林一郎を殺したんだ。それは、わかっている」

と、矢木は、いった。

「それなら、逮捕したら、どうですか？　何の証拠もないのに、犯人呼ばわりするのは、人権侵害じゃないのかな。あなたを告訴しますよ」

「君は、新前橋から渋川までの十分間に賭けたんだ。この十分間、君は、『白根』ではなく、『谷川』に乗ったんだよ。その他の二時間二十六分は、君は、『白根』に乗っていたが、十分間だけは、林一郎が乗っていた『谷川』の車内にいたんだ。それが証明されたら、君は、おしまいだぞ」

「じゃあ、証明して下さいよ。大宮の女子大生二人も、僕が、ずっと一緒だったと証言したでしょう？」

「問題の十分間については、彼女たちは、お喋りをしていて、君のことは、覚えていないといっている」

「じゃあ、いなかったという証明でもないわけでしょう？」

「だから、安心しているのかね？　安心できるのかね？」

矢木が、いい返したとき、電話が鳴った。

仁科が、ちらりと、矢木と亀井を見た。

「電話だよ」

と、矢木がいった。

仁科は、受話器を取った。

話しているうちに、仁科の顔色が変った。

「すぐ行きます」

と、いって、電話を切ってから、二人の刑事に向って、

「悪いけど、出かけなきゃなりません」

「どこへ？」

「友人が、交通事故で、入院したんです。すぐ、行ってやらなきゃならないんです」

仁科は、腕時計を見ながら、いった。顔色が、蒼い。

「それじゃあ、仕方がないな」

矢木は、意外にあっさりと、いい、亀井を促して、立ち上った。

外へ出たところで、矢木は、ニヤッと、亀井に笑いかけた。

「どうしたんです？　もう、東京へは来られないんでしょう？　仁科を、腕ずくで押さえて、もっと、訊問すると思ったんですがね」

「出かけたいというものを、無理に止めるわけにはいきませんよ」

「ほう」

「私たちも、出かけましょうか」

「出かけるって、どこへですか？」

「新前橋です。今から、タクシーを飛ばせば、一六時二九分上野発の『白根7号』に間に合います」

「いいでしょう」

と、亀井は、いった。

タクシーを止め、上野に走らせた。ホームには、「白根7号」が入っていた。最後尾の1号車に乗り込み、空いている席に腰を下してから、亀井は、おやっという眼で、前方を見つめた。

「向うの席にいるのは、仁科じゃありませんか？」

「そうらしいですね」

矢木は、とぼけた顔をした。

「彼も、どうやら、新前橋へ行くようですね」

「そうかも知れません」

「こりゃあ、面白（おもしろ）くなりそうだ」

と、亀井は、いった。

11

矢木と、亀井は、新前橋に着くと、警察手帳を見せて、裏から駅舎に入れて貰った。

衝立のかげからのぞくと、仁科が、緊張した顔で、駅員と話していた。

その声が、矢木たちにも聞こえてくる。

「このボールペンですが、あなたのものに間違いありませんね？」

と、駅員が、黒いボールペンを、仁科に見せている。

「卒業記念と書いてあるので、落とした人は、惜しいに違いないと思い、新宿デザインスクールに電話し、いろいろと聞いてみたんです。そうしたら、あなたの名前が出てきたので、お電話したわけです。八月十二日に、こちらの方に、旅行なさったということでしたのでね」

「どこに落ちていたんですか？」

「八月十二日の『谷川５号』のグリーン車の通路です。渋川と、沼田との間を走っているときに、乗客が見つけて、車掌に届けてくれたのです。ああ、丁度、グリーン車のトイレで、林一郎さんという方が殺されているのが見つかった頃です」

「そうですか」

「あなたのものに間違いなければ、これにサインして下さい。拾得場所は、八月十二日の『谷川5号』のグリーン車内の通路。区間は、渋川と沼田との間。それを確認してから、サインをお願いします」

と、駅員は、仁科にいった。

「僕のじゃないといったら、どうなるんですか？」

「そうですね。警察に届けることになると思います」

「なぜ、警察に？」

「八月十二日というと、同じ『谷川5号』の中、それも、グリーン車の中で乗客が殺されていますし、犯人として捕まった人が、新宿デザインスクールの卒業生ということですからね。まあ、このボールペンについている指紋を調べれば、誰のものか、はっきりすると思いますが」

「いや、これは、僕のものです。サインしますよ」

仁科は、あわてていった。

「記入条項を、よく確認してから、サインして下さいよ」

「わかっています」

仁科は、サインすると、奪い取るようにして、ボールペンを、駅員から貰った。

その時、矢木と、亀井が、衝立のかげから、出て行った。

仁科が、ぎょっとして、立ちすくむ。そんな仁科を尻目に、彼のサインした用紙を手に取った。

「おやおや。これでは、君は、八月十二日に、林一郎を殺したと認めているようなものじゃないか。君は、ずっと、『白根』に乗っていたと主張した。しかし、『谷川』の、しかも、林一郎の乗っていたグリーン車に行ったことを認めた。これには、そう書いてある」

「罠にはめたな！」

仁科は、顔がこわばり、声をふるわせた。

「君だって、友人の前田を罠にはめた筈だよ」

「あいつとは、友人なんかじゃない。だから、罠にはめてやったんだ！」

仁科は、大きな声で、叫んだ。

「わかった。わかった」

と、矢木は、いい、電話を借りると、県警にかけた。

すぐ、パトカーが駈けつけて来て、仁科を連れて行った。

亀井は、変な顔をして、

「なぜ、あなたが連れて行かないんですか？　あなたが、自供させたんだ」

「亀井さんにわざわざ、ここまで来て頂いたんですから、何か、ご馳走したいと思いましてね。大したものは、ご馳走できませんが」

と、矢木が、いった。

「ざるそばでいいですよ。この辺りは、美味いそばがあるんじゃありませんか」

亀井がいうと、矢木は、ニコニコして、

「実は、この近くに、三色そばの美味い店があるんです。茶切り、ゆずぎり、けしぎりの三つのそばを盛り合せて、六百円なんですよ」

と、嬉しそうにいった。

偽りの季節　伊豆長岡温泉

1

朝食のあと、その客は、

「散歩に行って来ます」

と、仲居に、いった。

仲居は、笑顔で、

「行っていらっしゃいませ」

と、いってから、

「昨日、お願いしておいた色紙なんですけど――」

「ああ。ちゃんと書いて、テーブルの上に置いておきましたよ」

と、客は鷹揚(おうよう)な態度でいい、旅館を出て行った。

仲居は、テーブルの上に、眼をやった。昨日、夕食の時に頼んでおいた四枚の色紙が、きちんと重ねて置かれていた。

秋深し　伊豆長岡温泉
十月二十九日　早川克郎
K旅館様

色紙には、達筆で、そう書かれている。仲居は、筆ペンでもマジックでも結構ですといって、二つを並べて置いておいたのだが、四枚の色紙は全て筆ペンで書かれている。

宛名も、こちらで頼んでおいた通り、この旅館宛、女将宛、仲居宛、板長宛と、きちんと書き分けてある。

仲居はほっとして、その四枚を持ち、女将のところへ持って行った。

女将の木下みずえも、ニッコリして、

「早川先生って、字もお上手ねえ」

「あの先生って、そんなに偉い方なんですか？」

「知らないの？」

「名前は、知ってるんです。だからわたしも、一枚書いて頂いたんですけど――」

「N賞をおとりになった偉い作家の先生よ。『海辺の愛と別れ』という連続ドラマがあったでしょう？　確か、あの原作を書いた先生だと思うわ」

「あのドラマ、好きだったんですよ」

「ここには、取材に来てらっしゃるみたいなことを、おっしゃってたわ」

と、女将は、いった。

早川が、このK旅館に着いたのは、昨日十月二十九日の午後である。

三日間、世話になりますと、早川は丁寧に、いっていた。

この旅館では、一番上等な部屋で、露天風呂のついた桂(かつら)の間に、案内してある。

朝食のあと外出したのは、木下みずえのいうように、次に書く小説の取材に出かけたのかも知れない。

昼すぎに、外から電話がかかった。

「S出版ですが、早川先生が、そちらに泊っているという噂(うわさ)があるんですが、本当ですか？」

と、男の声が、きく。

その電話には、みずえが出て、

「昨日から、泊っていらっしゃいますけど」

「いつまでの予定ですか？」

「十一月一日までの予定になっておりますわ。今は、外出なさっていますけど」

「帰られたら、すぐS出版の前田まで電話を下さるように、伝えてくれませんか。大事な用件だといって下さい」

と、相手はいって、電話が切れた。

夕方になって、外出から帰って来た早川に、みずえが伝えると、早川は渋面を作って、

「困ったな。今度かかったら、急用が出来て帰ったといって下さい」

「構わないんですか？」

「ええ。構いませんよ。それから、今夜、女性が訪ねてくる筈なので、来たら、私の部屋に通して下さい」

と、早川は、いった。

「その女の方も、今日、お泊りになるんですか？」

「いや、泊らずに帰ります」

と、早川は、いった。

夕食がすみ、午後九時を過ぎた頃、二十七、八歳の女が、早川を訪ねて来た。

女将のみずえは、いわれていたことなので、仲居に彼女を桂の間に案内させた。

仲居は、戻って来ると、

「どういう女の人なんでしょうね？」

と、興味しんしんという顔で、女将にきいた。

「さあ――」

「なかなか、きれいな人でしたよ」

「ええ。そうねえ」

「早川先生の彼女じゃありませんか？」

「彼女って？」

「奥さんに内緒で、この伊豆長岡で、こっそり会うみたいな――」

「もしそうだったら、色紙をお願いしたりして、悪かったかしらねえ」

と、女将は、いった。

2

早川は、女は泊らないで帰ると、いっていたが、夜半を過ぎても、帰る様子はなかった。

といって、部屋をのぞき込んで聞くわけにもいかないし、もともとお忍びで、この伊豆長岡で会っているのではないかという思いがあるので、女将のみずえは放っておいたし、仲居にも桂の間に近づかないように釘を刺しておいた。

朝になって、仲居は桂の間に出向いた。朝食は八時半になっていたからである。

「お二人を見ても、気まずい思いをさせては駄目よ」

と、仲居は、女将にいわれている。

早川にしても、最初はすぐ帰すつもりだったが、つい泊めてしまったのだろう。仲居だって、そのくらいの察しがつくから、部屋の外から、

「お早うございます」

と、わざと大きな声で呼びかけた。

ドアをノックしてみたが、中から返事はない。

(温泉へ入りに行ったのだろうか?)

と、仲居は思いながら、マスター・キーでドアを開けた。

桂の間には小さな露天風呂がついているのだが、広い大浴場に朝入りたくて、女と一緒に行っているのかも知れない。

「お早うございます」

と、もう一度、声をかけて、仲居は中に入った。

この部屋は、和室と洋室があり、洋室にはツインベッドが置かれ、布団のいい客には、和室の方に布団を敷くことになっていた。

和室をのぞくと、テーブルに昨日の夕食が、片付けられずにあり、何本もの缶ビールが空になっていた。女が来てから、冷蔵庫の缶ビールを空けたのだろう。

仲居は、窓のカーテンを開ける。

晩秋の柔らかな陽が、射し込んできた。

どうやら早川と女は、洋室の方で休んだらしい。

(まだ寝ているのなら、起こしたものかどうか)

と、仲居は、考えてしまった。

このK旅館では、朝食は午前八時半が最後になっている。

仲居はテーブルの上を片付けながら、時々腕時計を見た。今、八時五分だから、片付けたら、朝食をここに運ばなければならない。

女の人の朝食も、用意しなければいけないのだろうか？

とにかく、客が起きて来てくれないと、そんなことも聞くことが出来ない。

テーブルの上を片付け終っても、早川も女も、起きて来ない。三階にある大浴場へ行っているのでもなさそうである。

仲居は、洋室のドアをノックして、

「お客さん。朝食の時間ですので、料理を運んでよろしいですか？」

と、声をかけた。

それでも、起きてくる気配はなかった。洋室にずかずか入って行くのもはばかられて、仲居はいったん部屋を出て、桂の間に電話をかけた。電話機は和室と洋室の両方にあって、洋室のものは枕元のテーブルに置いてあるから、いやでも眼がさめるだろうと考えたのである。

一回、二回と鳴らしてみたが、早川も女も、出る様子がない。

ここまできて、仲居は急に不安になって、女将に相談した。

女将のみずえも、青い顔になった。彼女が最初に考えたのは、心中という言葉だった。妻に内緒で、取材ということで伊豆長岡にやって来て、ひそかに女と会った。その結果の心中、いや無理心中かも知れない。

みずえは、あわてて、仲居と一緒に桂の間に行き、洋室のドアをノックしながら、

「ドアを開けますよ！」

と、大声で、いった。

返事がないままに、ドアを開ける。洋室の厚いカーテンは閉ったままで、枕元のスタンドしか点いていないので、部屋は薄暗かった。

みずえは、眼をこらすようにして、ツインベッドを見た。

片方のベッドは、使わなかったとみえて、きちんとセットしたままになっている。

もう一つのベッドに、毛布をかぶるようにして、寝ているのが、わかった。

だが、毛布のふくらみからみて、一人の感じだった。

仲居が、「お客さん」といいながら、毛布をめくった。

洋服を身につけたままの女が、身体を曲げる感じで、横たわっていた。

そして、首に巻きついている黒い紐。よく見ると、それは、旅館の浴衣の紐なのだ。

みずえが、明りを点けた。

とたんに、仲居が押し殺したような悲鳴をあげた。

女の顔が、苦痛にゆがみ、流れ出た鼻血が、青白い顔に、こびりついていたからだろう。

「すぐ、警察に電話して！」

と、みずえは、仲居に指示した。

十五、六分して県警のパトカーが二台と鑑識の車が到着し、刑事が、どやどやと旅館に入って来た。
その中の三浦（みうら）という警部が、現場を見てから、女将のみずえに、

「この女と一緒に、泊っていたのは？」

と、きいた。

「早川克郎さんです」

「早川――？」

「有名な小説家の先生ですわ」

「ああ、知っています。彼は今、何処です？」

と、三浦は、きいた。

「それが、何処へ行ってしまったのか、わからなくて――」

みずえは、困惑の表情で、いった。

「逃げたか」

と、三浦は、呟（つぶや）いてから、

「彼は、いつからここに、泊っているんですか？」

「一昨日（おととい）の午後からですわ。昨日の夜、この女の方が、早川さんに会いに来て、今朝

になって、こんなことになってしまったんです」

「すると早川克郎が、ひとりで泊り、この仏さんは、後から、彼を訪ねてやって来たというわけですね?」

三浦は、確認するように、いった。

「ええ。その通りですわ」

「早川は、彼女を歓迎しているようでしたか?」

「さあ、そこまでは。ただ、女性が訪ねてくるが、その女性は、泊らずにすぐ帰ると、おっしゃっていたんです」

と、みずえは、正直にいった。

「だが、帰らずに、泊ったわけですね?」

「ええ」

「姿を消した早川克郎ですが、宿泊者名簿に書いた住所や電話番号は、わかりますか?」

「電話番号はわかりませんが、住所はわかります」

と、みずえはいい、名簿を持って来させて、三浦に見せた。

「これは本人が、書いたものですか?」

と、三浦は、きいた。

「ええ。それに早川先生には、色紙も書いて頂きました」

と、みずえはいい、その色紙も、三浦に見せた。

「おい。東京の出版社に、早川克郎の自宅の電話番号を聞いてくれ」

と、三浦は、部下の刑事にいい、それがわかると、部屋の電話を使って、その番号へかけてみた。

早川は自宅にいないだろうと、三浦は考えていたので、

「早川ですが」

と、男の声がしたので、おやっという顔になった。

「早川克郎さんを、お願いしたいんですが」

「僕ですが」

と、相手は、いう。

「作家の早川克郎さんですか？」

「そうですよ。誰ですか？　そちらは」

「静岡県警の三浦といいます」

「警察？　警察が僕に、何の用ですか」

「一昨日から、先生は、伊豆長岡温泉に泊っておられましたね？」

「何のことか、わからないが――」

　と、相手は、いう。

「こちらで、先生はK旅館に泊って、色紙も書いておられるんですよ」

　と、三浦がいうと、相手は急にクスクス笑い出した。

「またですか」

「何のことですか？」

「実は、僕によく似た男がいましてね。それが、僕の名前を使って地方のホテルや旅館に泊り、色紙にサインなんかしているんですよ。別に、宿泊代を踏み倒すわけでもないし、何か悪いことをするというのでもないので、放っておいたんですがねえ。何か事件を起こしたんですか？」

　と、相手は、きいた。

「殺人事件です」

　と、三浦がいうと、

「えッ」

　と、相手は、びっくりしたように、声を出し、

「あいつは、そんなことを、しでかしたんですか。参ったな。今までは、これといった実害が無かったので、警察にも通報しなかったんですがね」

「偽者だということですか？」

「ええ、作家というのは、名前は知られていても、顔なんかあまり知られていないので、時々偽者が出てくるんです。特に、僕に顔がよく似ていて、声も似ている。そういう男がいて、僕の名前で、ファンにサインなんかしているということは、聞いていました。伊豆長岡にいたのは、多分、その男でしょう」

「あなたはずっと、自宅におられましたか？」

　と、三浦は、きいた。

「ええ。仕事をしていましたよ」

「それを、証明してくれる人は、おられますか？」

「証明？　僕が疑われているんですか？　僕は伊豆長岡なんかに行ってませんよ」

「わかっています。ただ、証明してくれる人がいると大変助かるんですが」

　と、三浦は、いった。

「困ったな。実は、家内と去年の九月に別れてしまいましてね。今、ひとりなんですよ」

「お手伝いはいないんですか?」

「いません。他人が傍にいると、それが気になって、書けませんからね」

「しかし、食事はどうなさってるんですか?」

「外食ですよ。さもない時は、冷蔵庫に沢山材料を買い込んでおいて、一週間なら一週間、誰とも会わずに、作品を仕上げます」

と、相手は、いう。

「旅行には、時々、行かれますか?」

と、三浦は、きいた。

「年に何回か出かけます」

「その時、旅先で、色紙を書いたりされますか?」

「いや、僕はそういうのは苦手なので、お断りしています。色紙を書いたり、サイン会などというのは、好きじゃないんです」

「伊豆長岡へ行かれたことは?」

「申しわけないが、行ったことはありません」

と、相手は、いった。

3

三浦は、電話を切って、当惑した顔になった。

早川克郎を名乗って、この伊豆長岡に来ていた男は、偽者なのだろうか？

それとも、相手がそういっているだけなのか？

とにかく、殺された女の身元がわかれば、そうした謎も、自然に解明されてくるだろう。

被害者の所持品だろうと思われるショルダーバッグが、部屋に残っていた。

その白のショルダーバッグは、旅館の女将も仲居も、昨夜、女が訪れて来た時に持っていたことを認めている。

三浦は、ショルダーバッグの中身を、調べてみた。

化粧品、十三万五千二百円入りの財布、ハンカチ、キーホルダーなどに混って、同じ名前を印刷した名刺が五枚、見つかった。

月刊タイム編集部　吉沢真理（よしざわまり）

と、印刷されている。

その雑誌を発行しているタイム文化社の名前と、東京の会社の所番地と、電話番号も、同じように印刷してあった。

（雑誌の記者さんか）

と、三浦は呟いてから、そこに電話をかけてみることにした。

部屋の電話を使って、相手を呼び出す。

「月刊タイムの編集部をお願いします」

と、三浦はいい、男の声が出ると、

「そちらに、吉沢真理という女の記者さんがいますね？」

と、きいた。

殺されたことを告げたら、さぞびっくりするだろうと思いながら、かけているのだが、相手は、

「ヨシザワ？　うちに、その名前の人間はいませんがね」

と、ぶっきらぼうにいった。

「いない？」

「ええ。吉岡という人間はいますがね」

「月刊タイムの編集部ですよね？」

「そうですよ」

「おたくの他に、同じ名前の雑誌を出している出版社がありますか？」

「ないと思いますがねえ」

電話の男は、相変らず、そっけない調子でいう。

「以前にも、吉沢真理という記者さんは、いませんでしたか？」

と、三浦は、きいた。

「いませんが、そちらはどなたなんですか？」

と、今度は逆に、きかれた。

「静岡県警の三浦といいます。伊豆長岡で、殺された女性がいましてね。彼女が、月刊タイム編集部、吉沢真理という名刺を、五枚も持っていたので、てっきりそちらの記者さんだと思ったんですが」

と、三浦は、いった。

「ふーん」

と、相手は、電話口で考え込んでいる様子だったが、

「そりゃあ、偽記者ですねえ」

「以前にも、そんなことがありましたか？」

と、三浦は、きいてみた。

「うちは綜合雑誌で、それほど部数も出ていないから、うちの記者を名乗っても、そんなにメリットもないと思うんですよ。だから今までに、うちの偽記者というのは、いませんでしたがねえ」

「失礼ですが――」

「僕は、神田（かんだ）です」

「私は、県警の三浦といいます。また、お話を伺うことになるかも知れないので、その時はよろしく」

といって、三浦は電話を切った。が、ぶぜんとした顔で、

「みんな偽者だよ」

と、部下の山本（やまもと）刑事に、いった。

「みんなといいますと――？」

「被害者も偽者だし、容疑者も偽者だ」

と、三浦は、いった。

とにかく、身元を割り出さなければならない。

三浦は、被害者の指紋の照合を急がせることにした。

また、鑑識には、部屋に残っていると思われる「早川克郎」の指紋の採取を頼み、
女将と仲居の二人に協力して貰って、「早川克郎」の似顔絵を作ることにした。

女将と仲居は、自分たちの旅館で殺人が起きたことにもびっくりしていたが、早川克郎が偽者だったらしいということにも驚いていた。

「偽者だなんて、ぜんぜん思いませんでしたよ」

と、異口同音に、いった。

三浦は、絵の上手な刑事に似顔絵を作らせながら、

「おかしいなと思ったことは、全くなかったんですか？」

と、女将と仲居に、きいた。

「ええ。ぜんぜん」

と、仲居が、いう。

「はじめていらっしゃったので、出来れば前金でとお願いしたら、きちんと払って下さいましたしねえ。色紙にも、嫌な顔をなさらずに、書いて下さいましたしねえ」

と、女将のみずえも、いう。

二時間近くかかって、「早川克郎」の似顔絵が出来あがった。

三浦は、それを、早川克郎の本の裏表紙にのっている顔写真と、比べてみた。

よく似ている。

「似てるでしょう？」

と、女将は、三浦にいった。本物と信じても仕方がないでしょう、という顔だった。

被害者の死体は司法解剖に廻され、彼女の指紋は警察庁に送られた。

結果は、身元確認にならなかった。

彼女の指紋は、前科者の中になかったのだ。

司法解剖の結果、死因はやはり、浴衣の紐で首を絞められたことによる窒息死だった。

死亡推定時刻は、昨夜、十月三十日の午後十一時から十二時の間ということだった。

なお、彼女の膣内から、犯人のものと思われる精液が検出され、血液型はB型だという報告も添えられていた。

犯人は昨夜、被害者と肉体関係を持ったあと、浴衣の紐で首を絞めて、殺したのだろう。

捜査本部が設けられ、本部長になった原口（はらぐち）は、警視庁に捜査協力を要請することにした。

4

その要請があった時、十津川は、不謹慎だが、つい笑ってしまった。

被害者も容疑者も、ニセモノということだったからである。

「ちょっと、信じられませんね」

と、亀井刑事が、眉を寄せていった。

「何がだい？　カメさん。被害者が持っていた名刺は、明らかにニセだったんだよ」

と、十津川は、いった。

「私のいっているのは、早川克郎の方です。偽者が伊豆長岡に泊っていて、女を殺してしまったみたいな話になっていますが、あれはホンモノの早川克郎だったんじゃありませんか？　何かの拍子に女を殺してしまったので、あわてて東京の自宅に逃げ帰り、あれは自分のニセモノだったと主張しているんだと、私は思いますよ」

と、亀井は、いった。

静岡県警からは、伊豆長岡の旅館で、その男が書いたという色紙も、送られてきていた。

「これも、ホンモノの早川克郎が書いたものだと、カメさんは思っているわけか？」

「ええ。ともかく、指紋を照合すれば、すぐわかるんじゃありませんか。ホンモノの早川克郎の指紋が、現場の旅館の部屋から見つかれば、いくら弁解しても、駄目なんじゃないですかね」

と、亀井は、いった。

「それでは、二人で、ホンモノの早川克郎に、会って来るとするかね」

と、十津川は、いった。

二人はパトカーで、世田谷区用賀（ようが）にある早川克郎邸に出かけた。

コンクリートがむき出しになったような、半円形の建物で、外から窺（うかが）うと、中に人がいるのかどうかわからないほど、ひっそりとしている。

十津川がインターホンを鳴らすと、中から、

「どなた？」

という、不機嫌な男の声が、返ってきた。

「警視庁捜査一課の十津川といいますが、ちょっと、お聞きしたいことがありましてね」

と、十津川は、いった。

相手は、「うーん」と唸っていたが、

「玄関のドアは開いてるから、入って下さい」

と、いう。

二人は、重いドアを開けて玄関に入った。

一階ロビーに、人の気配はない。

「二階です」

と、男の声が、聞こえた。

階段をあがって行くと、そこが応接室になっていて、パジャマ姿の男が出て来て、

「仕事中なので、こんな恰好で、失礼します」

と、いった。

「こちらこそ、お忙しい時に、お邪魔しまして」

と、十津川は、いった。

「僕ひとりでいるので、何もおもてなし出来ませんが――」

と、早川はいったが、自分でコーヒーをいれてくれた。

十津川が恐縮すると、早川は、自分も、丁度、飲みたかったところだといった。

早川は、昨日、徹夜で仕事をしたので眠い、といった。

「伊豆の事件のことで、来られたんでしょう?」

とも、いった。

「実は、そうなんです。殺された女性ですが、こちらは、月刊タイムの記者ということだったんですが、これも、ニセモノになりました」

十津川がいうと、早川は笑って、

「殺された方も、ニセモノですか」

「早川さんは、月刊タイムに、原稿を書かれたことは、ありますか?」

「エッセイを、二回くらい書いたかなあ。向うは小説誌じゃないので、あまり関係がないのですよ」

と、早川は、いった。

「ところで、これが、自称早川克郎さんが書いた色紙なんです」

十津川は、問題の色紙を、早川に見せた。

早川は、手に取って見ていたが、

「僕よりずっと、字が上手い」

「早川さんは、原稿は何で書かれるんですか?」

と、亀井が、きいた。

「ワープロです」

と、早川はいいながら、

「あの男かも知れないな」

と、呟いた。

「何か、心当りがあるんですか？」

と、十津川は、きいた。

「去年の十月頃でしたかね。東北の秋保温泉に、僕のニセモノが現われたことがあるんです。あとからわかったんですが、きれいな字で、色紙を何枚も書いて帰ったそうです。きちんと、宿泊費も払ったし、芸者を呼んで楽しく過ごしたらしいんです。実害がなかったし、告訴しても仕方がないので、そのままにしておいたんですが、その時の男かも知れませんねえ」

と、早川は、いった。

「その男の名前は、わかりますか？」

と、亀井が、きいた。

早川は、小さく肩をすくめて、

「わかる筈がないでしょう。ずっと、僕の名前で通してたんだから」

「秋保温泉の何という旅館か、わかりませんか?」

と、十津川が、きいた。

「確か、Rというホテルですよ。向うでは、今でも、ホンモノだと思っているんじゃありませんか」

「しかし、なぜ、そのホテルにニセモノが現われたというのを、知られたんですか?」

と、十津川は、きいた。

「僕の友人が、たまたまそのホテルに泊りましてね。そこで、君の色紙を見たぞと、電話をくれたんですよ。それで、ニセモノが現われたのを、知ったんです。君より字が上手いぞと、友人はいってましたがね」

「その時は、実害がなかったので、何もしなかった――?」

「ええ。僕の名前で、女を欺したとか、ホテル代を踏み倒したとでもいうことなら、警察にいったと思いますがねえ」

「しかし、今度は、殺人事件が起きているんです」

と、亀井が、いった。

「そうですね」

「これは、殺された女の似顔絵です。身長百六十センチ。なかなかの美人です。年齢は、二十七、八歳。白のショルダーバッグを持っていました。心当りはありませんか？」

十津川は、県警がＦＡＸで送ってきた似顔絵を、早川に見せてきいた。

「ありませんねえ。申しわけないが」

と、早川は、いう。

「秋保のＲホテルでしたね。去年、ニセモノが現われたのは」

「そうです」

と、早川は、肯く。

十津川は、急に亀井を促した。

「どうも、お忙しいところを――」

と、立ち上った。

二人は、パトカーのところに戻った。

十津川は、早川に見せた色紙と似顔絵を、亀井に渡して、

「あとで、それを鑑識に廻してくれ。早川の指紋が、ついている筈だ」

と、いった。

「警部は、伊豆長岡にいたのは、ホンモノの早川だと思われるんですか？」

「その可能性があるかどうか、調べたいんだ」

と、十津川は、いった。

「指紋が採れたら、すぐ静岡県警に送っておきましょう」

と、亀井は、いった。

警視庁に戻ると、十津川は、秋保温泉のRホテルの電話番号を調べて、かけてみた。

フロントが出たので、去年の十月頃に、早川克郎が泊らなかったかどうか、聞いてみた。

「確かに、お泊りになっています。十月の十六、十七日です」

と、フロントは、いった。

「そちらで色紙にサインしたと聞いたんですが」

「ええ。サインして頂きました」

「どんな様子でしたか？」

「どんなといいますと？」

「早川さんの様子です」

「さすがに、有名な作家という感じで、良かったですよ。嫌な顔一つせずに、色紙にサインして下さいましたしね」

と、フロント係は、いう。

「そちらで芸者を呼んだそうですね？」

「ええ。小糸（こいと）さんという芸者に来て貰いました」

「その芸者の反応は、どうでした？」

「小糸さんも、喜んでいましたよ。ご祝儀をはずんでくれたし、変なことは、要求されずに、楽しかったといって——」

「その後、彼から、連絡はありませんか？」

と、十津川は、きいた。

「お忙しいのだと思います。別に、連絡はありません」

と、フロント係は、いった。

警視庁から、静岡県警に送った早川克郎の指紋について、三浦警部が電話して来た。

「やはり、こちらに現われたのは、ニセモノでした」

と、三浦は、いった。

「指紋は、合致しませんでしたか？」

と、十津川は、きいた。

「そうなんです。こちらで書いた色紙から採取した指紋と、一致しませんでした。警察庁の前科者カードにも、該当者なしです」

三浦は、がっかりしたように、声を落していった。

十津川は、仙台の秋保温泉の件を、三浦に話した。

「多分、同一人だと思いますね」

「そうですか。今までは、ただ有名作家の名前を使うことだけを、楽しみにしていたのが、今回は殺人を犯したということですかね」

「被害者の身元も、いぜんとしてわからずですか？」

と、十津川は、きいた。

「残念ですが、わかりません。明日、新聞に大きく、ニセモノの作家とニセモノの記者ということでのるので、何か反応はないかと、期待しているんですが」

と、三浦は、いった。

彼のいう通り、翌朝の新聞に、その記事がのった。

完全に、早川克郎のニセモノと決めつけた記事になっている。

ニセモノばかり

被害者も容疑者もニセモノの殺人事件

それが、見出しだった。

その二人のニセモノの似顔絵も、のっている。

早川克郎の談話も、あった。

〈以前、私のニセモノが現われた時は、実害がないので、むしろ、ほほえましく思ったのだが、殺人事件が起きてしまうと、そうばかりもいっていられない。残念で仕方がない〉

という、当り障り（さわ）のない談話だった。

だが、三浦警部の期待した反応は、二日、三日と過ぎても、出て来なかった。

5

一ヶ月が、空しく過ぎた。

被害者の身元もわからず、ニセの早川克郎が、どこに消えてしまったのかも、不明である。

事件そのものも、忘れられていった。

十二月に入ってすぐ、山梨県の石和温泉Tホテルに、早川克郎という男が、チェック・インした。

フロント係は、作家の早川克郎ということで、最上階のスイートルームに案内した。

支配人は、あいさつに顔を出し、その時に、本と色紙を差し出して、サインを頼んだ。

「ああ、いいですよ。明朝までに、サインしておきましょう」

と、早川は、笑顔で応えた。

翌朝、仲居が朝食を運んで行ったときには、二冊の本と六枚の色紙には、きちんとサインがしてあった。

朝食のあと、早川は散歩に出たのだが、その時、フロントに、

「僕の外出中に、ひょっとして、W出版の梶山という編集者が、訪ねて来るかも知れない。その時には、僕の部屋に通しておいて下さい」

と、いい残した。

午後二時になって、W出版の梶山徹という四十前後の男が、フロントにやって来た。

「早川先生から、伺っています。部屋で、お待ち頂くようにと」

フロント係はにこやかにいい、最上階のスイートルームに、案内した。

その直後に、早川が、外出から帰って来た。

「W出版の梶山さまが、お見えになったので、お部屋の方にお通ししておきました」

と、フロント係は、告げた。

「ありがとう」

と、早川はいい、エレベーターであがって行った。

午後七時。夕食の時間になったので、仲居が、早川を迎えに行った。Wホテルでは、全員が一階の食堂で食べることになっていたからである。

ドアをノックして、

「お食事の時間なので、ご案内します」

と、声をかけたのだが、返事はなかった。

そこで、マスター・キーを使って、仲居はドアを開け、中に入ったのだが、そこで見つけたのは、男の死体だった。

W出版の梶山と名乗っていた男の死体である。

男は、後頭部を強打されたあと、胸を二ヶ所、刺されていた。

早川克郎の姿は、どこにもなかった。

その事件を担当したのは、山梨県警の堀という若い警部だった。

堀はまず、W出版に電話をかけて、殺された梶山という男について、聞くことにした。

ところが、W出版では、

「何のことかわかりませんね。W出版に、梶山という名前の男は、おりませんが――」

指紋の照合も行われたが、それも無駄だった。該当する指紋が、警察庁の前科者カードと一致しなかったのである。

逃げた早川についての情報も、乏しかった。

ホンモノの早川克郎は、四十五歳。どちらかといえば平凡な顔立ちで、作家ということを考えなければ、どこにでもいる普通の中年男である。

当然、ニセモノの早川も、目立たない中年男である。群衆の中に入ってしまえば、誰も注目しない男なのだ。

十津川は、山梨県石和温泉の事件を聞いて、複雑な思いにかられた。

「カメさん。お茶を飲みに行こう」

と、十津川は亀井を誘った。

庁内にある喫茶店で、二人はコーヒーを注文した。

「石和温泉の事件でしょう？」

と、亀井は笑って、十津川を見た。

「そうなんだ。今度も、ニセモノの被害者に、ニセモノの作家だ」

十津川は、コーヒーをスプーンでゆっくりかき回しながら、いう。

「こんな偶然が続くのは、異常ですよ」

と、亀井は、いった。

「作為を感じるな」

と、十津川は、いった。

「誰かが、計画しているということですか？」

「そう感じられて、仕方がない。カメさんは、相変らずブラックか」

「肥満防止です。一粒で、ぐっと痩せる薬はありませんかね」

と、亀井は、笑う。

十津川は苦いのが嫌いだから、砂糖とクリームを、沢山入れる。

十津川だって、中年太りを気にしはじめている。だが、考えごとをしなければならなくなると忘れてしまうし、煙草だってスパスパ吸ってしまう。

その点、亀井の方が、意志強固だ。コーヒーは、必ずブラックで飲む。禁煙も守っている。

「ホンモノの早川克郎は、今度の二つの事件とは、無関係なんですかね？」

亀井が、いった。

「今日、テレビで記者会見するということだ。その時、自分は関係がない、迷惑しているという談話を発表するんだろうね」

と、十津川は、いった。

「とにかく、不思議な事件です」

「いろいろな見方が出来る面白い事件でもある」

と、十津川は、いった。

「どんな見方ですか？」

「まず考えられるのは、早川克郎に対する嫌がらせだ」

と、十津川は、いった。

「なるほど。伊豆長岡で事件が起きた時は、ホンモノの早川が疑われましたからね」

亀井は、コーヒーを飲む。

「苦いだけのコーヒーって、美味(うま)いのかね？」

「馴(な)れれば、美味いものですよ」

と、亀井は、笑った。

「今でも、早川が犯人ではないかと、疑っている人間はいると思うね」

と、十津川は、いった。

「そうかも知れませんね。本当は、あれはニセモノじゃなくて、ホンモノの早川なんじゃないかと思う人もいるでしょうね。噂なんてものは、そんなものです」

「しかしなぜ、被害者が二人とも、ニセモノなのか、そこのところがわからない」

と、十津川は、いった。

「二人ともマスコミ関係ということになっていますから、容疑者のニセモノの作家と同じ業界の人間という図式には、なっていますね」

と、亀井。

「同じ業界か」

「ええ。その点、変にきちんとしているんです。ニセモノといっても、殺された男女がニセモノの有名政治家だったり、有名女優だったりしたら、ちょっと違和感があるんですが、全部マスコミ関係で、容疑者のニセモノ作家と同一の世界の人間ですからね」

「だから最初、全部ホンモノと思ったんだ。動機も、十分、考えられるからね」

と、十津川は、いった。

「伊豆長岡は、美人の雑誌記者と、中年作家のスキャンダルですか」

「ああ。石和温泉の方は、仕事上のいざこざが、動機と考えられた――」

「そうですね」

「面白いといえば、面白い事件なんだが」

と、十津川がいった時、テレビの画面で、問題の作家、早川克郎の記者会見が始まった。

亀井が椅子の向きを変えて、テレビに注目した。

早川は、渋面を作って、

「こんなことで、記者会見なんかするのは心外なんですが、放っておくと、僕が本当の殺人犯みたいに思われますからね。現に、ファンから、そんな悪いことをする人とは思わなかったみたいな手紙が来るし、友人からは、からかってですが、とうとう人殺しをやったかと、電話がかかって来ますからね」

と、いう。

「あなたの名前を使っている男について、心当りはありませんか？」

と、記者の一人が、質問する。

「前に、僕の名前を使った男がいましてね。多分、その男だと思っている。その時、実害を与えてないからと、放っておいたので、図にのっているんだとは、思っているんですがね」

と、早川は、答える。

「しかし今度の件では、実害を与えられているわけですね？」

「ええ。ひどいもんです。警察は幸い、僕が殺人事件に無関係とわかってくれたんだが、世の中の人たちはそうはいきませんからね。今いったように、僕が犯人だと決めつけて、脅迫まがいの手紙を送ってくるし、電話もかけてくるんですよ」

と、早川はいい、その手紙の何通かを披露した。

〈本当は、お前が殺したんだろう。偉そうな文章を書いたって、お前の本性は人殺しだ。筆を折って世間に詫びろ！〉

〈ヒトゴロシ！　死ね！〉

〈警察は欺せても、世間は欺せないぞ！〉

「こんな手紙が連日来るし、無言電話はひっきりなしです。僕は気が弱い方だから、小説が書けなくなりますよ。といって、旅行に出たとすれば、また何をいわれるか、わかりませんからね」

と、最後にいい、画面が他のニュースに切り替った。

亀井は、椅子を元に戻した。

「本当に無関係なら、早川は辛（つら）いでしょうね」

と、亀井は、いった。

「今度の二つの事件で、早川自身も有名になってしまったからね。今までは、名前は知られていても、顔は知られていなかった。だからニセモノが出たわけだが、今は顔も知られてしまった。そうなると、早川は、ひなびた温泉地に逃げ出しても、すぐ、わかってしまうだろうし、犯人かも知れないというので、一一〇番されてしまうだろうからね」

と、十津川は、いった。

「これからどうなると、思われますか？」

「いずれ、ニセモノの早川が逮捕されれば、それで終りだろうね。ホンモノの早川も、安心して仕事が出来るんじゃないかな」

と、十津川は、いった。

二人が部屋に戻って一時間ほどしてから、十津川の近くの電話が鳴った。

十津川が、受話器を取ると、

「早川です。先日、お会いした」

と、男の声が、いった。

「ああ、早川さん」

と、十津川がいい、それを聞いて、亀井がこちらを見た。

「相談したいことがあるので、来てくれませんかね」

と、早川は、いった。

「今度の事件に関してですか？」

「そうです」

「これから、伺います」

と、十津川は、いった。

十津川は、亀井を連れて、もう一度、早川の家を訪ねた。

早川は、疲れた表情で二人を迎え、

「今日、テレビの記者会見をすませたあと、この手紙が届いたんです」

と、いい、封書を十津川に見せた。

差出人の名前は、ない。

十津川は、手袋をはめた手で、中身を抜き出した。

〈おれは今、警察に追われている。金が欲しい。二千万円用意してくれ。お前は、おれだ。お前には、おれに金をくれる義務がある。こじつけだろうが、構わない。とにかく、金が欲しい。用意できたら、お前の家の屋根に、白い旗を出しておけ。取りに行く。警察にはいうな。おれにはどんなことだって出来るんだ。

早川克郎〉

手紙には、そう書いてあった。

十津川は、それを亀井に渡してから、

「ニセモノの早川からですね」

と、早川に、いった。

「そう思います」

「どんなことでも出来るというのは、どういうことですかね？」

「何を考えているのかはわかりませんが、想像はできますよ。ホンモノの僕に見せかけて、悪事を働けば、僕の人気が落ちますからね」

と、早川は、いう。

その間も、ひっきりなしに、電話が鳴っていた。

十津川は、気になって、

「出なくてもいいんですか？」

と、きくと、早川は小さく首を振って、

「全部、いやがらせの無言電話ですよ」

「しかし、出版社からの大事な電話だったら困るでしょう？」

「だから、関係のあるところには、ＦＡＸで送ってくれと、いってありますよ。時にはそのＦＡＸも、どこで番号を調べたのか、嫌がらせの文章を、送ってくることがありますがね」

早川は、渋面を作った。

そのどれもが匿名だから、なおさら頭に来るし、対応が出来ないと、早川はいう。

「問題は、この脅迫の主ですね」

十津川は、指先で、脅迫状を叩いた。

「ええ」

「とにかく、このニセモノを捕えれば、二つの殺人事件は解決しますし、先生も安心して仕事が出来るんじゃありませんか」

と、十津川は、いった。

「僕は、どうしたらいいんですか？」

と、早川が、きく。

「われわれの指示通りに動いて下さい。この二千万を受け取りに来たところを、捕えます。まあ、誘拐の身代金の受け渡しと同じです」

「しかし――」

「何ですか？」

「この脅迫状でもわかる通り、犯人は尋常な神経の持主じゃありません。たまたま、顔や年齢などが、僕に似ていたということで、勝手に僕の名前を使って、温泉地に出没し、色紙なんかにサインしていたわけでしょう。こっちは、完全に被害者ですよ。それなのに、お前はおれだみたいな、わけのわからない理屈で、逃走資金に二千万円をよこせといってるんです。異常な神経の持主ですよ。こういう男は、何をするかわからない。それが怖いんです」

と、早川は、いった。

「わかりますよ」

と、十津川は、早川を安心させるように、いった。

「本当に、わかってくれるんですか？」

「私は、二十年近くこの仕事をして、いろいろな犯人に出会っています。強盗、殺人、誘拐、中には、爆弾魔もいます。共通しているのは、勝手な理屈を持っているということです。今度の犯人も、同じようなものです」

「僕は、どうしたらいいんですか？」

「犯人のいう通りに、動いて下さい。二千万円は用意できますか?」

「銀行に頼めば、何とかなりますが」

「それなら、一応準備して、犯人の指示通りに、屋根に白い旗をあげて頂く」

「そのあとは、どうしますか?」

「犯人の連絡を待ちます」

と、十津川は、いった。

早川は、肯いた。

「確かに、誘拐の身代金の受け渡しと同じみたいですね」

と、いった。

銀行から二千万円の現金が持ち込まれ、家の屋根に、小さな白い旗があげられた。

その時点で、十津川と亀井、それに三田村と北条早苗の四人が、早川邸に泊り込むことになった。

電話は、相変らず、鳴っている。

「嫌がらせは、ずっと続いています。僕が犯人だと思い込んでいる人間が、それだけ沢山いるということでしょうね」

と、早川は苦笑まじりに、いった。

「すると、犯人は、手紙かＦＡＸで、連絡してくるでしょうね」

と、十津川は、いった。

とにかく、犯人からの連絡を待つより仕方がない。

丸一日が過ぎて、やっと、ＦＡＸに犯人からの連絡が入った。


〈合図は見た。

二千万円を持って、伊豆長岡温泉のＷ旅館に泊れ。

早川克郎の名前で、泊るんだ。今日中に行け。

あとは、その旅館に連絡する。

お前は、おれなんだ。それを忘れるな。

早川克郎〉

「どうしたらいいですか？」

と、早川がきく。

「指示にしたがって下さい。私たちも、行きます」

と、十津川は、いった。

まず、早川がタクシーを呼んで出発し、あとから、十津川たちが、早川邸を出た。

犯人が何を考えているのか、わからない。が、とにかく、二千万円を手に入れようとしていることは、確かだろう。

夕方、伊豆長岡に着き、十津川たちはW旅館に入った。

早川は、少し早く入り、別の部屋をとっている。

その早川に、携帯電話を渡し、それで、別の部屋にいる十津川たちに、連絡するようにいっておいた。

夕食がすんだ直後に、早川から、連絡がきた。

「今、仲居がきて、二千万円を渡せといわれました。犯人が、外に来て、仲居に、そう伝えろと、いったそうです」

「外に?」

「ええ。外のどこにいるかは、わかりません。渡さないと、この旅館に火をつけると脅したそうです」

「すぐ、そちらへ行きます」

十津川は、亀井たちと、早川の部屋に飛んで行った。

部屋には、五十五、六の仲居と、早川がいた。

仲居は、青い顔で、

「早く渡して下さい。早くしないと、この旅館に火をつけるといってるんです」

と、いっている。

どうしますか、という顔で、早川が、十津川を見る。

「渡して下さい」

と、十津川はいい、三田村と早苗の二人に、眼くばせした。

二人が、仲居に続いて、部屋を出て行った。

とたんに、どどっと、屈強な男たちが、足音荒く飛び込んできた。その勢いに押されて、三田村と早苗が、押し戻されてきた。

「何をしてるんだ！」

と、思わず、十津川が怒鳴る。

「早川！　殺人容疑で逮捕する！」

と、男たちの一人が、怒鳴り返して、部屋の中を見廻した。

「バカ！　犯人は外だ！」

と、亀井が、怒鳴る。

「お前たちは？」

「警視庁捜査一課の刑事だ！」

怒鳴り合い、やっと了解して、三田村たちが旅館の外に、飛び出して行った。

しかし、すでに、ニセの早川の姿はなく、さっきの仲居が、呆然と突っ立っていた。

彼女をつかまえて、三田村が、

「奴は、何処だ！」

「車で、逃げました。バッグを奪うようにして、車で逃げたんです」

「どんな車だ？」

「白い、普通の車です。ナンバーは覚えていますよ」

と、仲居は、いった。

静岡県警は、すぐそのナンバーの車を、手配した。静岡ナンバーである。

翌朝、その車が、三津浜近くで発見された。そこから歩いたとは思われないし、ガソリンタンクにはかなりの量のガソリンが残っていたから、別の車に乗りかえて、逃げたとみていいだろう。

伊豆長岡からこの場所まで、車で走ったとすれば、犯人がここに着いたのは、午後七時頃に違いない。

三津浜から沼津へ出て、東京方面に逃げたのか。

沼津へ出れば、関西方面にも、逃亡できる。

三津浜から、沼津と逆の方向にも、逃げることは出来る。

海岸沿いに走って、大瀬崎（おせざき）。更に海岸沿いを南下すれば、土肥（とい）、堂ヶ島を経て、下田に至る。

だが、沼津へ出れば、東京にも大阪にも逃げられるのに、伊豆半島という狭い場所を、逃げ廻ることはしないだろう。

静岡県警もそう考えたし、十津川も同じ意見だった。

そこで、沼津方面に、捜査を集中した。検問も、強化した。

しかし、犯人は、網にかからない。

（取り逃がしたか）

という挫折感が、県警を支配した。

十津川も、ぶぜんとした思いになっていた。

まんまと、してやられたという思いがある。

犯人は、県警に、伊豆長岡のW旅館に、ニセモノの早川克郎が泊っていると、電話しておいてから、旅館の仲居を脅したのだ。

そのタイミングが、ぴったり合って、三田村と早苗の二人が、仲居のあとを追おうとした時、県警の刑事たちが、旅館に、飛び込んできた。

十津川は、二千万を奪われたことを、早川に詫びた。

十津川は、亀井と、犯人が見つかるまではと、伊豆長岡温泉に泊ることにした。

三田村と早苗は、先に東京へ帰した。

早川も、仕事があるということで、東京に帰って行った。

「どうも、すっきりしませんね」

亀井は、難しい顔で、十津川にいった。

「犯人に、逃げられたからか？」

「いえ。それだけじゃありません。ニセモノの早川が、なぜ二人の男女を殺したのか。それが、わからないんです」

「なるほどね。ただ、有名作家に化けて、得意になってるだけの男が、二人もの人間を殺すのは、おかしいということだろう？」

「そうです。しかも、殺された男女が、二人とも揃(そろ)ってニセモノの記者というのも、妙ですよ」

「それについては、一つだけ考えられる理由があるよ。ニセモノの早川克郎は、より自分をホンモノの作家らしく見せるために、友人か知人の男女に、マスコミの人間を名乗らせて、旅館、ホテルに訪れて来させる。そうすれば、旅館、ホテルの女将や、仲居たちは、やっぱり、ホンモノの早川克郎なのだと思う。その目的だったんじゃないかとね」

「その二人を殺したのは？」

「金を与えて芝居を頼んだが、もっと多くの金を要求されて、争いになり、かっとして殺したか――」

と、十津川がいったとき、電話が鳴った。

静岡県警からだった。

犯人と思われる男が、車ごと、大瀬崎近くの断崖から転落して、死亡しているのが、発見されたというのである。

十津川と亀井は、県警のパトカーに同乗して、現場に向った。

大瀬崎は、伊豆半島の付け根近くで、断崖が続いている。

その一ヶ所が、現場だった。

県警の寺田警部が先に来ていて、十津川たちを、案内してくれた。

三十メートル近い断崖の下、波しぶきが打ち寄せている岩礁の間に、白い車が、屋根まで海水に浸っている。

それを引き揚げる作業が、続けられていた。

「運転席に、中年の男性が、死んでいるのが見つかりましたが、まだ身元はわかりません」

と、寺田が、いった。

「しかし、犯人らしいということでしたが」

「ええ。早川克郎に、よく似ているし、助手席に、バッグがあって、それはすでに引き揚げました。その中に、二千万円の札束が、入っていましたので」

「それなら、間違いないでしょう」

と、十津川は、いった。

十津川は、亀井と、また、車の引き揚げ作業を見守った。

「あっけなかったな」

と、十津川は、いった。

「それに、なぜ、犯人はこんなところに逃げて来たんですかね」

亀井は、不思議そうに、いった。

ロープを何本も使い、クレーン車も使って、やっと、車が崖の上に引き揚げられた。

県警の刑事が、運転席のドアを開けると、海水があふれ出してきた。

海水がなくなってから、男の死体が、車の外に引きずり出された。

早川克郎によく似た顔の男だった。

やはり、ニセモノの早川だと、十津川は思った。

県警の刑事たちは、男の背広や、ズボンのポケットを、探った。

二十一万円入りの財布、ハンカチ、キーホルダーなどが、見つかった。

「運転免許証は、ありません」

と、刑事の一人が、寺田にいった。

「無免許か」

寺田が、吐き捨てるようにいう。

もう一人の刑事が、

「これを見て下さい」

と、背広を広げて見せた。

寺田がのぞき込み、十津川と亀井も、眼を向けた。

そこにネームが入っているのだが、「早川」と刺繍（ししゅう）されていた。

「早川克郎に、なりきっていたんですね」

と、亀井が、苦笑する。

「旅館に早川克郎を名乗って泊った時、よく背広のネームで、ばれたりするからだろう。仲居さんなんかは、そういうところによく眼がいくからな」

と、十津川は、いった。

死体と車は、県警の手によって、捜査本部に運ばれて行った。

6

十津川と亀井も、東京に帰ることにした。

十津川は、浮かない顔をしていた。

犯人の事故死によって、事件は解決したようにも見えるし、終っていないようにも、見えるからだった。

犯人は、ニセモノの早川克郎。

だが、彼が、本当は何者なのかが、わかっていない。

彼が殺した男女の本当の身元もわからないし、殺された理由も不明なのだ。

「犯人は多分、車を海に落し、自分が死んだように見せかけたかったんじゃありませんかね。ところが、それに失敗して、車ごと落下し、死亡してしまった。こう考えれば、沼津に出ずに、逆方向の大瀬崎に行ったことの説明がつきますよ。あの辺りは断崖があって、事故死を、警察が信じると思ったんじゃありませんか」

と、亀井が、いった。

「まあ、そうだろうが――」

十津川は、生返事をした。

「何を考えておられるんですか？」

「犯人は、二千万を早川に要求したとき、二通、脅迫状を送っていた。手紙と、ＦＡＸでだ」

「そうです」

「そのどっちにも、『お前は、おれだ』と、書いている」

「ええ」

「なぜ、そんな言葉を二度も、犯人は書いたんだろう？」

と、十津川は、首をひねっていた。

「それは、ニセモノの早川克郎の、ホンモノの早川克郎に対するいやがらせの言葉じゃありませんか。ニセモノは早川克郎と名乗って、伊豆長岡温泉に泊ったところ、旅館の女将も仲居も、全く疑わずに信じてしまった。名前なんてそんなものだと、犯人はいいたかったんじゃありませんかね」

「調べものをしたいので、出かけてくる」

と、十津川は急に、いった。

「一緒に行きますよ。何処へ行くんですか？」

「国立国会図書館」

と、十津川はぶっきらぼうに、いった。

二人は、地下鉄で、出かけた。

国立国会図書館に着くと、亀井が、

「何を調べるんですか？」

「五、六年前の文芸雑誌だ。『私のペンネーム』ということで、有名作家が、何人か書いていたのを、思い出したんだよ」

「雑誌の名前は、わかりませんか？」

「それが、覚えてないんだよ。五年前か、六年前かもだ」

と、十津川は、いった。

二人は腰を据えて、五、六年前の文芸雑誌を、片っ端から調べていった。

疲れると、立ち上って伸びをし、また作業に入った。

肝心の記事は、なかなか見つからなかった。

そこで、七年前の雑誌にも、範囲を広げていった。

急に亀井が、七年前の「文芸マンスリー」の十月号を、十津川のところに持ってきて、

「これじゃありませんか？　表紙に、私のペンネーム特集と、あります」

と、いった。

十津川は、その雑誌を受け取って、特集のページの部分に眼を通していった。

「あったぞ！」

と、十津川が、いった。

〈私のペンネーム　　早川克郎

私のペンネームは平凡なので、よく本名でしょうといわれるが、本名ではない。私は昭和四十九年にF文学賞に応募して幸い当選し、作家生活に入ったのだが、当時私はR電機に勤めるサラリーマンだった。社長は、社員が小説みたいなものを書くことを嫌っていたから、応募するとき、本名ではまずいと思った。

いろいろとペンネームを考えてみたのだが、これというものが浮んで来ない。その時私は、高校時代、顔や背恰好が似ているので、他の生徒たちから、お前たちは双生児だろうとからかわれたのを、思い出した。

そこで、その友人の名前、早川克郎を無断で使って、ペンネームとした次第である〉

十津川は、黙ってそのページを、亀井に見せた。

亀井は、素早く眼を通してから、

「早川克郎自身も、本名じゃなかったんですか」

と、いった。

呆れた顔になっている。

「いってみれば、彼も、ニセモノみたいなものだったんだよ」

と、十津川は、いった。

「参りましたね」

「それだけじゃない。早川克郎というペンネームは、高校時代の友人の名前を、無断で使ったとある」

「ええ」

「しかも、その友人は、顔や背恰好がよく似ていて、他の生徒から、双生児といわれていた――」

「ええ」

と、亀井は肯いてから、急に眼の色を変えて、

「と、いうことは、まさか――」

「そのまさかだと、私は思っている。死んだ男は、早川克郎なんだ。作家としてはニセモノだが、名前は早川克郎なんだよ。そして、作家の早川の友人で、彼が懸賞小説に応募する時、その名前を借りて、ペンネームにしたんだ」

と、十津川は、いった。

「それで、『お前は、おれだ』と、手紙に書いたわけですね」

亀井が、いう。

「そうだよ」

「となると、作家の早川は、伊豆長岡で、ニセモノが出たと聞いた時、そのニセモノが誰か、わかっていた筈ですね。自分によく似た男ということで」

「そうなるね」

と、十津川は、微笑した。

「何だか、ややこしくなってきましたね」

「多分、去年、仙台の秋保温泉で、ニセの早川克郎が出たと聞いた時、すでに作家の早川は、そのニセモノが誰か、わかった筈だよ」

「実害がないから、放っておいたといっているのも、嘘ですね」

と、亀井が、いう。

「嘘だろうね」

「しかし、作家の早川が、ニセモノの正体を知っていたとなると、今回の事件は、どうなってくるんですかね？」

と、亀井が、首をかしげた。

「作家の先生の預金を調べたいね」

「二千万円は、銀行から引きおろしていますよ」

「その他にだよ」

と、十津川は、いった。

作家の早川克郎の取引銀行は、M銀行である。

十津川は、三上(みかみ)刑事部長から、M銀行に話して貰い、ひそかに、早川克郎の預金を、調べて貰った。

その結果、問題の二千万円の他に、二回にわたって、まとまった金額が引き出されていることが、わかった。

去年、秋保温泉にニセの早川克郎が現われた直後に、二百万円。

伊豆長岡温泉で事件が起きた直後に、一千万円。

石和温泉で事件が起きた直後に、同じく、一千万円。

これだけである。

十津川は、その三つの金額を、黒板に書き止めた。

「面白いね。特に、秋保温泉に、初めてニセモノが現われた直後の、二百万円の引き出しが、興味がある」

と、十津川は、黒板の数字を眺めながら、いった。

「本来なら、ニセモノに抗議すべき時に、二百万を引き出したのは、どういうことなんですかね？」

「多分、二百万、ニセモノにやったのさ」

と、十津川は、いった。

「何のためにですか？」

と、亀井が、きく。

「秋保で、自分のニセモノが出たと聞いた時、作家の早川は、すぐ高校時代の友人の早川克郎だとわかった筈だよ。そこで、彼は、その男に会いに行き、二百万円を渡したんだと思うね」

と、十津川は、いった。

「なぜ、そんなことをやったと、思われるんですか？」

「もちろん、利用価値があると思ったからだろう」

と、十津川は、いう。

「どんな利用価値ですか？」

「殺人だよ。伊豆長岡と、石和の、二つの温泉で起きた殺人事件だ」

「ニセモノに、殺しを頼んだということですか？　その報酬として、一千万ずつ、払ったということですか？」

「いや、いくら一千万貰っても、人殺しは引き受けないだろう。多分、作家の早川は、ニセの早川に、自分の計画通りに動いてくれといい、その結果として、一千万の謝礼を払ったんじゃないかと思うんだよ」

と、十津川は、いった。

「一千万もですか？」

「流行作家の早川にしてみれば、そんなに大きくない金額なんじゃないかね」

「すると、殺したのは、作家の早川ということになって来ますか？」

亀井は、半信半疑の顔だった。

「伊豆長岡温泉のことを、考えてみよう。まず、ニセの作家、早川が、旅館に現われ、頼まれるままに、色紙にサインする。翌日、朝食のあと、散歩してくるといって、外出。そして、帰ってくる。が、その時、ホンモノの作家、早川にすり替っていたんじゃないか。そこへ、これも、ニセの記者の女が現われ、泊ることになる。そして、早川は消え、女の死体が、残る。すり替ったホンモノの早川が、彼女を殺したんだ。が、色紙や、指紋などから、旅館にいたのは、ニセの作家、早川だと誰もが思い、ホンモノの作家、早川はむしろ、被害者ということになる」

「山梨の石和温泉でも、同じことが、行われたわけですか」

と、亀井が、きいた。

「そうだよ。ここでも、ニセ作家の早川が、男を殺し、逃げ去ったことになり、ホンモノ作家の早川は、迷惑をこうむっている被害者という図式が出来あがった」

と、十津川は、いった。

「もし警部のいわれる通りだとすると、殺された女と男は、ホンモノ作家の早川と、関係があった人間ということになってきますね」

「その通りだ」

「しかし、なぜ、二人とも、偽名を使っていたんでしょうか？」

「そりゃあ、本名で死んでしまったら、ホンモノ作家と関係がある人間だとわかってしまうからだろう。だから、偽名を使って会いに来させて、偽名のまま、殺したんだ。ニセモノを、ニセモノが殺したということで、世間は何となく、納得してしまうと考えたんだろう」

と、十津川は、笑った。

「そして、最後の脅迫ですが」

「あれは恐らく、なれ合いだよ」

と、十津川は、いった。

「なれ合いですか？」

「われわれは、まんまと欺されたがね」

「と、すると、ホンモノ作家の早川は、わざと自分を脅迫させたんですか？」

と、亀井が、きく。

「そうさ」

　と、十津川。

「二千万もですか？」

「多分、二千万は、逃亡資金だと、私は思っているんだ」

「逃亡資金ですか――？」

「これは、あくまでも、私の推理なんだが、今いったように、ホンモノ作家の早川は、ニセ作家の犯行に見せかけて、自分に都合の悪い人間二人を殺してしまった。その報酬として、一千万ずつ、合計二千万円を支払った。ここまでは成功したが、ニセ作家の早川が、警察に捕ったら、真相がばれてしまう。そこで、最後の計画を立てたんだ」

「自分を脅迫させることですか？」

「そうだよ。自分を脅迫させ、それを、われわれに話す。その計画に、われわれはまんまとのせられた。これは、犯人逮捕につながると思って、二千万を払うと返事をしてくれと、頼んだ」

「ええ、そうです」

　と、亀井が、肯く。

「そして、また、伊豆長岡へ出かけることになった。犯人は、まんまと、二千万を奪って車で逃走。われわれは、静岡県警と、犯人を追った」

「それも、ホンモノ作家の早川が、計画したことだったわけですか？」

と、亀井が、きいた。

「そうだと思うよ。犯人は、沼津方向に逃げたと見せかけ、逆の大瀬崎の方向に逃げた。このことも、この逃走が、計画されたものだということを示していると、私は思うんだ。計画では、車で逃げていって、大瀬崎の断崖から、運転をあやまって、転落。海に沈んだ車から、死体はこぼれて、沖に流されてしまった。つまり犯人は、死亡ということに、するつもりだったんじゃないだろうか」

と、十津川は、いった。

「しかし、実際は、犯人は車と一緒に断崖から転落して、死亡していますよ」

と、亀井は、いった。

「犯人は、車を断崖から転落させるつもりだったと思うよ。ところが、それが、うまくいかなかった。転落する寸前に、車から脱出するつもりだったんだと、思うな。なぜ、それに、失敗したか？」

「二千万円の現金？」

「そうだよ。車を崖っぷちめがけて走らせておいて、その寸前、ドアを開けて脱出することになっていたんだろう。ただ、脱出しようとして、助手席に置いた二千万円入りのバッグを忘れてしまった。それで、それを手に脱出しようとした時、車は転落してしまったんじゃないかと、推理したんだがね」

と、十津川は、いった。

「ニセ作家の早川は事故死ということになり、二千万を持って姿を消し、事件はうやむやの中に犯人死亡ということで、終息してしまうというわけですか？」

「ホンモノ作家の早川の計画は、そういうことだったんじゃないかな」

と、十津川は、いった。

「そのニセモノが、本当に、転落死したことで、計画以上に成功したわけですね？」

「その通りだよ。今頃、作家の早川は、ほくそ笑んでいるんじゃないかね」

「まさか、このままにしておくおつもりじゃないでしょうね？」

亀井が、十津川を見た。

十津川は、ニヤッと笑って、

「まさかね」

「これから、どうしますか？」

と、亀井が、きく。

「私の推理が正しければ、殺された女と男は、作家の早川と関係のあった人間だ。まずそれを調べる」

と、十津川は、いった。

7

十津川は、部下の刑事たちに、その捜査を命じた。

作家の早川の人間関係を、徹底的に調べていった。

伊豆長岡で殺された女の身元が、判明した。

名前は、小田みゆき。二十八歳。

福島市生れで、地元の高校を卒業後、上京し、さまざまな職業についたあと、六本木のクラブKで働くようになった。

二年前、そこで作家の早川克郎と知り合った。気に入った早川は、彼女にクラブをやめさせ、マンションに住まわせることにした。クラブKには、結婚のために故郷に帰るといっておいたので、この店のママや同僚のホステスは、福島に帰ったものとばかり考えていたという。

男の方は時間がかかった。

作家の早川の周辺を、いくら調べても、その男が浮び上って来なかったからである。捜査を早川の周囲から、殺された小田みゆきの周辺に移したところで浮び上ってきた。

小田みゆきとは同じ福島の生れで、東京で、ひとりで私立探偵をやっていた男だった。

名前は、山中京一（やまなかきょういち）。

山中は東京で、小田みゆきと知り合ったのだが、新聞で事件のことを知り、殺されたのは、小田みゆきとわかったらしい。

そこで、彼女のことを、私立探偵の腕で調べていったのだろう。

そして、作家の早川克郎に辿（たど）りついたに違いない。

山中は、私立探偵として成功していたとは思われなかった。中古のマンションの一室を、事務所兼住居にしているくらいだったからである。

そこで、山中は早川をゆすったのだと、十津川は考えた。

どれほどの金額をゆすったかわからないが、早川は永久に山中の口を封じることにして、彼に石和温泉に来るようにいったのだ。

そこで、金を渡すのである。

マスコミ関係者を名乗らせたのは、山中に、そうした方が周囲に疑われずに金を渡せるといったのだろう。

小田みゆきを殺した動機も、彼女が死んでいるので、推理するより仕方がない。

みゆきは最初、早川の愛人で満足していたのだろう。

豪華マンションを借りて貰い、月々の手当を貰って、それでいいと思っていた。ところが、二年もたつうちに、みゆきは、愛人では満足できなくなって、結婚を迫るようになったのではないか。

早川は、結婚するほどの愛情は持っていなかった。

みゆきは、結婚してくれないのならと、莫大な手切金を要求したのではないだろうか？

或いは、クラブで働いていた時、暴力団の組員と知り合っていて、それを、ちらつかせて早川を脅すぐらいのことは、したかも知れない。

そこで早川は追いつめられた気持になり、どうしても彼女を殺さねばならないと考えた。

そんな時、自分のニセモノが、秋保温泉に現われたのを知った。

そこで早川は、殺害計画を立て、ニセ作家の早川に会い、金をちらつかせたのだろう。

8

十津川と亀井は、早川克郎に会いに出かけた。

十津川は自分の推理は正しいだろうという確信は持っていたが、だからといって、それだけで逮捕令状を取るのは難しい。だから令状を持たずに訪ねた。

早川は、ゆったりした表情で、二人の刑事を迎えた。

「十津川さんには、ずいぶんお世話になりました。ニセモノがいなくなったので、何かすっきりした気分ですよ」

と、早川は、いった。

「ところが、こちらはまだ、終結というわけにはいかなくて困っているんですよ」

と、十津川は、いった。

「なぜですか。もともと警視庁は、伊豆長岡の事件は管轄外でしょう?」

「その通りですがね。先生は東京の人間だし、その先生が脅迫されたとなると、われわれが動かざるを得ないのですよ」

と、十津川は、いった。

「そのことには感謝していますが、もう事件は解決していますから」

早川は、小さく肩をすくめた。

「わかります。ただ、小さな問題があるので、それに答えて頂きたいと思いましてね」

と、十津川は、いった。

「どんなことですか?」

「伊豆長岡で殺された女性ですが、もちろん先生は、ご存知ありませんね?」

「知りませんよ。どこの誰だか、全く知りません」

「実は、彼女の身元が、わかりました」

「ほう」

「偽記者を名乗っていましたが、本当は、小田みゆきといって、六本木のクラブのホステスだったんです。やはり、ご存知ありませんか？」

「もちろんですよ」

「会ったこともない――？」

「ええ。もちろん」

「そうですか」

と、十津川は肯いてから、ポケットから小型のテープレコーダーを取り出して、早川の前に置いた。

早川は、眉をひそめて、

「何ですか？　これは？」

と、きく。

「小田みゆきのマンションに、封筒に入ったテープがありましてね。自分が死んだら、これを警察に渡してくれと、書いてあったんです。それで、テープを聞いてみたんです。ご一緒に、聞いて下さい」

「なぜ僕が、聞かなければならんのですか？」

早川は、怒ったように、きく。

「内容が、先生に関係があるからです」
と、十津川は、いった。
亀井が、再生のスイッチを入れた。
女の声が、流れてきた。

〈あたしの名前は、小田みゆきです。六本木のクラブKで、働いていました。二年前、作家の早川先生と知り合い、すぐ、マンションに囲われるようになりました。最初のうちは、恵まれた、楽しい毎日でした。でも、二年もたつうちに、だんだん今の生活が、嫌になってきました。あたしも、結婚に憧れています。幸い、今、先生は独身なので、結婚して下さいと、いいました。ところが先生は、冷たく、結婚する気はないと、いいました。

先生は、ただ、あたしの身体が欲しかっただけだったのです。もちろん、あたしも、最初はお金が欲しかった。でも、だんだん先生が好きになり、一緒に生活したくなって来たのです。

だから、会うたびに、結婚して下さいといいました。どうしても駄目なら、二億円の手切金が欲しいと、いいました。

そんなことで、ケンカが絶えないようになりました。時々、先生は、何ともいえない冷たい眼で、あたしを見ています。

多分、先生は、あたしを殺すと思います。もし、あたしが殺されたら、犯人は早川先生です。警察にお願い――〉

「嘘だ！」

と、突然、早川が大声で叫び、テープを止めてしまった。

「どうされたんですか？」

十津川は、落ち着いた声でいい、早川を見つめた。

「これは、インチキだ！」

「インチキ？」

「そうだ」

「どうインチキだと、おっしゃるんですか？」

と、十津川が、きいた。

「この声は、彼女じゃない！」

と、早川は大声で、いう。

十津川は、笑って、

「その通りです。うちの北条早苗という女性刑事が、吹き込んだものです」

と、いった。

「警察の人間が、そんなインチキなことをやっていいと思っているのか？　弁護士に頼んで――」

と、早川はいいかけて、突然、顔色を変えた。

自分のミスに、気がついたのだ。

十津川は、微笑した。

「そうなんですよ。先生。先生は、小田みゆきという女に、会ったこともないといわれた。名前も知らないと。その女の声を、なぜ、知っておられるんですかね？」

「――――」

早川は、黙ってしまった。

「小田みゆきと山中京一の二人を殺したのは、やはり先生ですね？」

「――――」

「事故死した先生のニセモノが、先生の高校時代の友人の早川克郎ということも、わかったんです。小田みゆきとも、山中京一とも、無関係の彼が、二人を殺す筈はないんです。殺したのは、あなたです」

と、十津川は、いった。

「彼女が、あんまり、結婚してくれと迫るものだから――」

早川は、急に低い声になって、吐息まじりに、いった。

「結婚が駄目なら手切金をと、いったんですか？」

「僕の全財産を要求したんだ」

「そんな時、自分のニセモノが、現われたのを知ったんだな？」

と、亀井が睨むように、早川を見て、きいた。

「そうなんだ。すぐ、早川だとわかった」

「双生児といわれるほど、自分に顔や背恰好が似ているのを思い出して、小田みゆき殺しの計画を立てたんだな？」

「そうだ。丁度、早川は金を欲しがっていたので、金を与えて、僕のいう通りに動くように、いった」

と、早川は、いった。

「彼が、大瀬崎の断崖から、車ごと転落死したのは、予想外でしたか？」

と、十津川は、きいた。

「ああ。僕は、彼が死んだことになって、姿を隠してくれればいいと思っていただけだ。だから、彼の死に、僕は責任はない」

と、早川は、いった。

「でも、あなたは、二人も、人間を殺っているんですよ」

「――」

「ところで、先生の本名は、何ていうんですか？」

「本名？」

「そうです。本名です。逮捕令状には、本名を記入しなければなりませんのでね」

と、十津川は、いった。

死を呼ぶ身延線（みのぶせん）

1

虫の知らせという言葉がある。何年も会っていなかった友人が、突然、訪ねて来て、すぐ亡くなったりすると、ああ、虫が知らせたんだという。

橋本の父親が亡くなった時も、同じことをいう人が、いた。

郷里の宮城から、何年かぶりに、突然、訪ねて来て、二日間泊まり、身延山に行くといって、ひとりで出かけた。

橋本家は日蓮宗で、父は、一度、総本山の身延山久遠寺に行きたいと、いっていたのである。今年は、六十歳の還暦だから、思い切って、参拝したいともいって、三月十五日に、東京の橋本のマンションを、出て行った。

橋本は、自分の車で、東京駅まで送って行き、列車に乗せた。

帰りには、もう一度、寄ると、いっていたのだが、二日、三日とたっても、何の連絡もなく、戻っても来ない。

もともと、電話嫌いの父だから、連絡して来ないのはわかるとしても、四日、五日とたっても、戻って来ないと、橋本は、次第に、不安になってきた。

郷里の宮城に帰っている気配もない。

身延山に行って、調べてみようと思いながら、私立探偵をしている橋本は、丁度、引き受けている調査が、長引いてしまって、動くことが、出来ずにいた。

特殊調査と呼ばれるもので、離婚に有利な材料を見つけてくれというものだった。

父が出かけて、六日目の三月二十日の午後に、突然、警察から、電話が、かかった。

山梨県警からで、父が、死体で、見つかったから来てくれというものだった。

橋本は、仕事どころではなく、すぐ、東京駅に駈けつけた。

新幹線で、新富士まで行き、あとは、身延線に乗りかえるのが面倒で、タクシーを拾った。

身延の町に入り、警察署に出頭すると、電話をかけて来た田中という巡査部長が、改めて、

「お気の毒です」

と、いった。

そのあと、橋本を、霊安室に案内した。そこに、父の晋作は、変り果てて、横たわ

っていた。

「井出近くの富士川で、見つかりました。外傷はないので、溺死とみています」

と、田中は、いった。

地図で見ると、身延と、富士宮の中間あたりで、静岡県に近い。

「しかし、なんで、そんな所に?」

と、橋本は、青ざめた顔で、きいた。

「それは、わかりません。橋本さんに、心当りは、ありませんか?」

「父は、身延山にお参りに行くといって、三月十五日に、出かけたんです。それが、なぜ、富士川で、死んでいたのか、私にもわかりませんよ」

「お父さんは、釣りは好きでしたか?」

「ええ。好きでしたが、それが、何か」

「或いは、身延山の帰りに、急に釣りがしたくなった。それで、あの辺りで、釣りをしていて、川に落ちて、溺死したのではないかと思いましてね」

「しかし、釣り道具は、持って行きませんでしたよ」

「井出というところですが、近くに、ヤマメ、コイなどが釣れる天子湖という湖がありましてね。当然、釣具も、売っているわけです」

「しかし、父が死んでいたのは、その湖でなく、富士川だったんでしょう？」

「天子湖までは、駅から、九キロありますのでね。行くのが面倒で、駅の前の富士川で、釣りを始めたということも、考えられます」

「父が、釣具を買った店が、見つかったんですか？」

「いや、まだ見つかっていませんが、外傷がないので、私としては、事故死と思っています」

「溺死というのは、間違いないんですか？」

「と、思います」

「解剖しなければ、はっきりしたことは、わからんでしょう？」

「確かに、そうですが、お父さんには、自殺するような理由がありましたか？」

「そんなものは、ありません」

「では、殺されるような理由は？」

「それもありませんよ。平凡な、田舎（いなか）の人間ですから」

「それなら、事故死しかないと思いますがね」

と、田中は、いった。

それでも、父の遺体は、甲府に運ばれ、解剖された。死因は、やはり、溺死だった。

ただ、死亡推定時刻は、橋本の予想と、違っていた。

三月十七日の午後三時から六時までの間というのである。三時間もあるのは、長い間、水につかっていたせいらしい。

十五日に出かけたのだから、二日後には、死んでいたのである。

2

橋本は、郷里で、父の葬儀をした。九州に嫁いでいる妹夫婦も、駈けつけた。

その時、親戚の口から出たのが、虫の知らせという言葉だった。息子のところに、急に会いに行ったり、身延山へ行ったりしたのは、虫の知らせだったんだというのである。

だが、橋本は、そんな言葉は、信じなかった。

父の死に、疑問を持ったからだった。

身延山へお参りに行った父が、富士川で釣りをして、誤って落ちて死んだなどということが、信じられるだろうか？

第一、まだ父に釣具を売った店もわからないし、その釣具も見つからないというではないか。

橋本が、それをいうと、山梨県警の田中巡査部長は、それなら、身延山に行ったあと、近くの富士川のほとりを散歩していて誤って、落ちた。そして、富士川を、井出近くまで、流されたのではないかというのである。

確かに、富士川は、身延近くも流れていて、こちらが、上流である。

身延から、井出まで、約二十六キロ。それを流されたというのだろうか？

富士川は、有名な急流である。その富士川を、二十六キロも流されたら、顔や、手足に、傷がつくのではないか。だが、父の遺体には、そんな外傷は、なかった。

他にも、疑問はある。

急流に流されたにしては、背広も、靴も、脱げていなかったし、電話するときのためにと渡しておいた橋本の名刺も、ポケットに、ちゃんと、入っていたのである。山梨の警察は、その名刺を見て、橋本に、連絡してきたのだ。

「おれは、おやじが、誤って、川に落ちたなんて、考えられないんだよ」

と、葬儀のあとで、妹のみどりに、橋本は、いった。

「でも、お父さんが、殺されたんだとしたら、なぜなの？　お父さんが、誰かに恨(うら)まれていたなんて、信じられないわ」

と、みどりは、いう。

その通りだと、橋本も、思う。父は、実直なサラリーマンで、五十五歳で、会社をやめてからは、小さな土産物店をやっていた。誰からも好かれていて、敵を作る人ではない。

「しかし、おやじは、殺されたんだと、思うよ。こんなことだって、考えられるじゃないか。身延山へ行った。その途中で、知り合いが出来た。おやじは、話好きだからね。その人間と何かで、ケンカになって、殺されてしまったということだって、十分に、考えられるからね」

と、橋本は、いい、東京に戻った。

自宅マンションから、もう一度、山梨県警の田中に電話をかけ、父の死体が見つかった場所を見たいから、案内して欲しいと、伝えた。

そのすぐあとに、昔の上司だった警視庁の十津川警部から、電話が、かかった。

「しばらくだが、元気かね？」

「元気ですが、父が亡くなりました」

と、橋本は、いった。

「それは、大変だったね」

「何か、急用ですか？」

「ぜひ、君に会って、話を聞きたいんだが」

「これから、東京駅へ行きますが、そこでどうですか？」

と、きき、橋本は、東京駅に向った。

午後二時に、東京駅に着き、十津川と、コンコース内の喫茶店で、会った。

「安西ひろ子という女性を、知っているかね？」

と、十津川は、コーヒーを注文してから、橋本にきいた。

「安西ひろ子？　知っていますが、彼女がどうかしたんですか？」

「今朝、自宅マンションで、殺されているのが、発見されてね。部屋から、君の名刺が、見つかったんだよ」

「それは、当然と思います。名刺は、渡しましたから」

「君のお客だったのかね？」

「そうです。依頼主でした」

「どんな調査を、君に依頼していたんだ？」

「彼女には、離婚問題が起きていた。原因は、彼女の浮気です。このままでは、夫から、慰謝料がとれない。だから、夫も、どこかで浮気していると思うから、その証拠をつかんでくれと、依頼されていました」

「安西家の資産は、二百億近いから、彼女も、必死だったわけだね」

「そうなんです。成功した場合は、五百万円の成功報酬を貰えることになっていたんですが、途中で、父が亡くなってしまって、それで、やめさせて貰ったんです」

「お父さんが亡くなっても、仕事は、出来るんじゃないのかね？」

「実は、父の死因に、疑問を持ったものですから」

と、橋本は、いい、十津川に、身延山のことや、溺死に対する疑問を、いった。

「そうか」

と、十津川は、肯いてから、

「安西ひろ子を殺した人間に、心当りはあるかね？」

「常識的にいえば、夫の安西宏や、彼のきょうだいでしょうね。それに、安西の恋人か」

「彼が浮気していると、わかったのかね？」

「それが、匂いはあるんですが、具体的な名前は見つかりませんでした」

「匂いというと？」

「安西が、若い女と、歩いているのを見たという人間は、見つかったんです。ただ、証拠はありません」

「その目撃者の名前は、覚えているかね？」

「わかります」

　と、橋本は、手帳を取り出して、

「ええと。クラブ『杏子』のマネージャーで名前は、平田祐二。店は、銀座三丁目にあります。安西が、時々、利用する店です」

「私も、会ってみよう。ありがとう」

　と、十津川は、いった。

　橋本は、十津川と別れ、一四時四八分発の「こだま４４３号」に乗った。

　新富士に、一六時〇七分。東海道本線の富士駅まで、タクシーで行き、そこから、今日は身延線に乗った。

　身延線の井出駅で、田中が、待っていてくれることになっていたからである。

　一七時〇八分発の普通電車に乗った。三両編成の電車である。

　電車は、富士川沿いに走り、車窓には、富士山が見えるのだが、橋本は、景色を楽しむ気持にはなれず、じっと、考え込んでいた。

　一七時五八分に、井出駅に着いた。

ホームが一つだけの、小さくて、静かな駅である。

田中は、ホームで待っていてくれた。

彼は、ジープで来ていて、橋本を乗せると、自分で運転した。

駅の近くまで、山が迫っていて、反対側は、富士川である。

田中の運転するジープは、橋を渡って、富士川の対岸についた。

駅側には、家はない。対岸に、家並みがある。

川沿いに、五分ほど走ったところで、田中は、車をとめた。

この辺りは、富士川の幅が広く、流れもゆるやかである。

「ここです」

と、田中が指さしたのは、岸近くのよどみになっているところだった。

「二十日の朝、この近くの人が、釣りに来て、見つけたんです。俯(うつぶ)せに、水に浮んでいたそうです」

「前日の十九日には、見つからなかったんですか？」

と、橋本は、きいた。

「ええ」

「ここには、死体はなかったということですか？」

「それは、何ともいえません。あまり、人の来ない場所ですから、死体があったのに、見つからなかったということも、考えられますね」

と、田中は、いった。

橋本は、黙って聞いていたが、突然、靴を脱ぐと、そのよどみに、入って行った。太ももあたりまで、水に浸かったが、平気な顔で、岸にあがると、

「これじゃあ、溺れませんよ」

「しかし、酔っていたかも知れない」

「おやじは、一滴も、酒は呑めませんよ」

「しかし、事故死以外、何が考えられるんですか？」

「殺人です」

「動機は？」

「わかりません」

「財布は、ちゃんと、内ポケットに入っていたし、十万円近いお金も、なくなっていなかった。だから、物盗りの殺人じゃない。お父さんは、人に恨まれるような人じゃなかったんでしょう？」

「そうです」

「それなら、事故死しか考えられないじゃありませんか」

「いや、これは、殺人です」

と、橋本は、頑固に、いった。

「動機もわからずに、殺人といわれても困りますね」

「おやじは、小柄で、力もありませんでしたからね。押さえつけられて、顔を、水の中に、突っ込まれたら、溺死したと、思いますよ。その方法なら、この浅い場所でも、溺死させられますからね」

「断っておきますが、県警としては、事故死と断定したんです。あなたの気持は、わかりますが、協力は、出来ませんよ」

と、田中は、いった。

「構いませんよ」

と、橋本は、いった。

3

橋本は、駅まで送って貰い、再び、甲府行の電車に乗って、身延へ向った。

身延へ着いたのは、午後八時過ぎである。橋本は、駅前の旅館に、ひとまず、泊ることにした。

翌日、橋本は、朝食をすませると、駅前からバスに乗って、身延山に向った。

父は、十七日に死んでいる。

十五日の朝、東京を出発しているのだから、十五日中か、おそくとも、十六日には、身延山に参拝している筈である。

お彼岸を過ぎていたが、暖かい、春らしい天気のせいか、バスは、満員に近かった。

総門前で、バスを降りてから、三門に向って、歩いて行く。

三門は、高さが二十一メートル、間口二十三メートルの巨大な門である。

ここを抜けると、正面に、二八七段の石段が、本堂に向って、伸びていた。

急な石段で、若い橋本でも、途中で、休んで、登った。足に自信のない者には、ゆるい廻り道があり、老人は、そちらに向って、歩いて行った。

橋本は、石段を登り切ったところで、うしろを振り返った。

父も、こうして、景色を、楽しんだのだろうか？

大本堂の近くには、日蓮の遺骨を納めた御真骨堂や、日蓮像を祭る祖師堂、仏殿などがある。

大本堂の裏手から、身延山の山頂に向って、ロープウエイが、走っている。

橋本は、他の参拝客と一緒に、ロープウエイに乗った。

約七分で、山頂にある奥の院に着く。

ここからの眺望は、素晴らしかった。遠く、富士川が見えた。

田中巡査部長は、この辺りで溺れて、井出のよどみまで、流されたことも考えられるといった。

橋本は、小さく首を振り、「おやじは、殺されたのだ」と、自分に、いい聞かせた。

だが、誰が、おやじを――と、考えると、容疑者の顔が、全く、浮んで来ないのである。

あの父が、敵を作っていたとは考えられないからだった。それに、ここ何年か、父とは会っていなかったから、最近の父の人間関係が、わからないこともあった。

橋本は、身延駅に戻ると、駅前と、門前町にある旅館、それに、宿坊、ユースホステルを、一軒一軒廻ることにした。

まず、父の写真を見せ、宿帳を見せて貰う。父は、律義だから、偽名で泊ることは、考えられなかった。

しかし、どこの宿帳にも、父の名前はなかったし、写真の父を見たという証言は得られなかった。

（十五日に、父は、ここへ、泊らなかったらしい）

と、橋本は、思った。

十七日の午後、死んでいるのだから、十五、十六日と、十七日の午前中、父は、どこにいたのだろうか？

少くとも、十五日と、十六日は、どこかへ泊った筈である。

身延山周辺でないとすると、どこだろうか？

橋本は地図を広げてみた。

甲府へ出るルートもあるし、井出―富士宮へ戻るルートもある。

橋本は、父が、温泉好きだったことを思い出した。

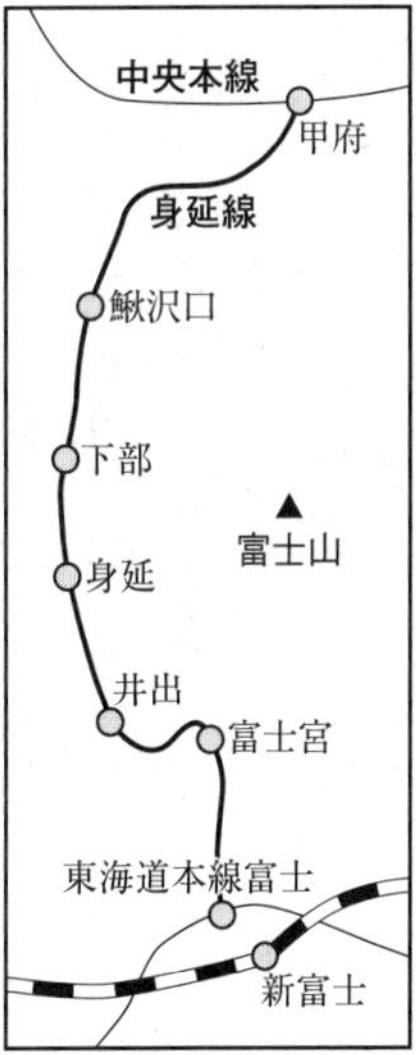

温泉というと、まず、下部温泉である。ここは信玄のかくし湯として、有名だった。

身延駅から、甲府に向って、三つ目の駅が、下部である。

橋本は、駅前から下部温泉行のバスに乗った。

どこの温泉町でもそうだが、ここも、川に沿って、旅館が並んでいる。デラックスなホテルもあれば、湯治専用の旅館もある。全体に、のんびりした感じだった。

橋本は、四十軒近い旅館を、一軒ずつ、当ってみた。

しかし、どこの宿帳にも、橋本晋作の名前はなかったし、写真を見せても、首を横にふられてしまった。

下部温泉の周辺には、小さな温泉が、いくつかあった。そこも、全部、当ってみたが、結果は同じだった。

どうやら、父は、温泉には、泊らなかったらしい。

(それにしても、おかしいな)

と、橋本は、思った。

十五日と、十六日は、父は、どこかに泊った筈なのだ。

それも、身延山の周辺にである。それなのに、なぜ、なかなか、泊った旅館が、見つからないのか?

それが、不思議で、仕方がない。まだ、この季節、満員という旅館は、ないようだから、父は、簡単に、泊れた筈である。

野宿をするには、まだ寒いし、父は、十万足らずの金は、持っていた。

夜になってしまったので、橋本は、下部温泉の旅館に、泊ることにした。

夕食の前に、橋本は、東京の十津川に、電話をかけてみた。

もう、あの調査依頼を、断ってしまってはいるのだが、依頼主が殺されたとなると、どうしても、気になったからだった。

「君に聞いたクラブのマネージャーに、カメさんと、会いに行ったよ」

と、十津川が、いった。

「それで、どうでした？　何かわかりましたか？」

「君が教えてくれたこと以上には、わからなかったが、クラブ『杏子』で安西の様子は、よくわかったよ。それだけでも、参考になった。細身のファッションモデルのような、背の高い女が好きだったらしい。マネージャーが、六本木で見かけた女も、後姿だったが、すらりと、背が高かったということでね」

「奥さんが殺された時、夫の安西のアリバイは、あるんですか？」

と、橋本が、きくと、十津川は、電話の向うで、クスッと笑った。

「君は、もう、その調査から手を引いたんじゃなかったのかね？」

「そうですが、やはり、気になりまして」

「アリバイは、あいまいでね」

と、十津川は、いってから、

「君の眼から見て、殺された安西ひろ子という女性は、どんな人間だったかね？」

と、十津川は、きいた。

「そうですね。第一印象は、美人だということです」

「その点は同感だ。ミス何とかを三つも、とっていたそうだからね」

「安西は、それで、結婚したんだと思いますが、頭もいい女性です。ただ、少しばかり、傲慢で、身勝手なところがありますね。私に対しても、やたらに、命令調でしたよ。もう一つ、彼女自身いっていましたが、自分に女王様のように、ひたすら仕えてくれる男じゃないと嫌だというわけです。安西も、最初は、そうしていたんでしょうが、彼も、わがままな人間だから、だんだん、ひろ子が、嫌になって来たんだと思います」

「それで、彼女が、浮気をしたというわけか？」

「ええ。別居し、離婚問題に発展していったわけです」

「君は、彼女の浮気の相手を、知っているかね？」

「私は、彼女の依頼を受けて、安西のことを調べていましたから、もちろんわかりません」

「そうだろうね」

「見つからないんですか？」

「何人かの男の名前はあがっているんだが、本命の男が見つからなくてね」

と、十津川は、いった。

「そうですか」

「君の方は、これから、どうするんだ？」

「おやじを殺した犯人を見つけます。そのために、身延に来ているんですから」

「見つかりそうかね？」

「正直にいって、自信がありません。一番わからないのは、動機なんです。他人に恨まれるようなおやじじゃありませんでしたからね」

「地元の警察は、やはり、事故死と見ているのかね？」

「そうです。だから、協力は、期待できないんです」

「大変だな。何とか力になってあげたいんだが」

「そのお気持だけで、結構です。何とかやってみます」

と、橋本は、いった。

4

橋本は、電話を切ると、運ばれて来た夕食に、箸をつけた。
しかし、味を楽しむ気にはなれず、今日までのことを、考え続けた。
考えて、疑問点を、一つずつ憶い出してみようと、思ったのである。
父は、橋本のところに泊っている間に、急に、身延山へ行くと、いい出したのだ。
十四日の夜に、いい出して、十五日の朝、橋本は、父を、東京駅へ送って行った。
従って、犯人が、以前から、父を殺したいと思い、身延山で待ち伏せていたという
ことは、考えられない。父の行動が、突発的なものだったからである。
(父は、つけられていたのだろうか？)
それなら、理屈に合う。
宮城の家を出る時から、犯人は、父を尾行し、東京―身延と、執拗に、機会を狙っ
ていたのだろうか？

しかし、誰かが、そんなに父を憎んでいたとは、なかなか、思えない。

宮城の故郷で、父の葬儀があったとき、近所の人たちや、同業者や、友人たちが集ってくれて、生前の父の思い出を語ってくれた。

今、それを思い出してみるのだが、誰の話も、父の人の良さや、優しさや、信義の厚さを、語っていた。

橋本の思い出の中でも、父は、バカがつくほど、人が良かった。他人に利用されたことはあっても、他人を利用したことのない父だった。

そんな父が、宮城―東京―身延と、つけ狙われるほど、恨まれていたとは、とうてい考えられないのである。

とすると、突発的な犯行ということになってくる。

妹のみどりにもいったのだが、旅先で、たまたま知り合った人間と、何かのことでケンカになって、殺されたのではないかということだった。

(だが――)

と、思う。

あの父が、旅先で、殺されるようなケンカを、他人とするとも、思えないのである。

考えられるのは、相手が、父の金を奪おうとして、殺したというケースだが、財布は失くなっていないから、これも、違うのだ。

（ひょっとして――？）

橋本は、じっと、宙を見つめた。

動機が、父そのものにあるのではなく、自分にあるのではないかと、思ったのだ。

父を恨む人はいないだろう。

だが、おれを恨んでいる人間は、いくらでもいると、橋本は、思う。

元、捜査一課の刑事で、殺人未遂で、刑務所に入り、出所後、私立探偵を始めた。その間に、自分でも気付かず、何人もの人間に、恨まれるようなことをしていたかも知れない。

橋本は、気性の激しい方だから、大いに、あり得るのだ。

橋本への恨みを、彼の父を殺すことで、晴らしたのか？

これも、どうも、納得できない。人間の心理として、橋本を恨んでいる人間が、一度も、彼を狙わず、たまたま、身延に出かけた父親を殺すだろうか？　あり得ないことではないが、それなら、宮城で、父は、狙われているのではないか？

一つ、一つ、可能性を消していくと、最後に、あるケースが、残った。

（なぜ、最初に気付かなかったのだろうか？）

橋本は、自分のバカさ加減に、腹が立った。

このケースなら、父が、十五、十六日に、身延周辺のホテル、旅館に泊っていない理由も、納得できるのだ。

(十五日に、すでに父は、誘拐されていた)

それが、橋本の下した結論だった。

5

もちろん、父自身に理由があったとは、思えない。

狙いは、橋本に違いない。

そして、監視され、尾行されていたのは、父ではなく、橋本だったのではなかったのか。

橋本は、夕食のあと、温泉に入っても、考え続けた。

(あの事件が、原因なのだ)

と、思う。

橋本が、引き受けた調査依頼である。

何しろ、二百億円の財産をめぐっての離婚争いだった。

安西は、妻の浮気が原因だとして、慰謝料は、一円も払わない気でいた。

妻のひろ子は、夫の安西にも、女がいるとわかれば、二百億の半分は、貰えるのではないかと、橋本を傭った。

五百万円の成功報酬で、引き受け、必死になって、安西の女を探した。十津川にいったように、その匂いを嗅いだところで、父が、身延で、消えてしまったのである。

推理するより仕方がないのだが、橋本の調査が、核心に近づいたので、彼の注意を外らすために、父親を誘拐したのではないのだろうか？

もし、そうだとしたら、犯人の思惑どおりになったわけである。

橋本は、翌日、東京に引き返して、夕方、十津川に、会った。

捜査本部の置かれた新宿署の近くの喫茶店だった。

橋本が、自分の考えを話すと、十津川は、じっと聞いていたが、

「誘拐した犯人は、なぜ、君のお父さんを、殺してしまったんだろう？」

と、きいた。

「いろいろ考えられます。行方不明だけでは、私が、依頼された調査を止めないと思ったからかも知れませんし、父が、逃げようとして、殺されたのかも知れません」

「そして、君は、調査を止めたか」

「そうです」

「君の推理が当っているとすると、君は、安西の女に近づいていたことになるね」

「私も、そう思います」

「もし、君が、安西の女、つまり浮気の相手を見つけたら、安西は、莫大な慰謝料を、妻のひろ子に、払わざるを得なくなったわけだね」

「そうです」

「犯人は、君を監視していた。たまたま、そこへ、お父さんがやって来た。君自身を誘拐したり、殺したりすれば、すぐ、動機がわかってしまう。それで、大事な君のお父さんを誘拐した。これなら、動機がわからないと思ったんだろうし、行方不明では、なかなか、警察は動かないからね」

「そこまでは、よくわかるんですが、私の調査が、核心に迫っていたかどうか、わからないんですよ。正直にいって、そんな手応えは、感じていませんでしたから」

「だが、迫っていたのさ」

　と、十津川は、強い調子で、いってから、

「ひょっとすると、安西ひろ子を殺した犯人と、君のお父さんを誘拐して、殺した犯人とは、どこかで、つながっているかも知れないな」

「私も、それを考えたので、十津川さんに、話しに来たんです」

と、橋本は、いった。

「カメさんたちとも、そのことで、話し合いたいから、署に来ないかね？」

と、十津川は、いった。橋本は、首を振って、

「私は、前科のある人間です。それが、警察署に入っては、まずいと思います」

「それなら、ここへ呼ぼう」

と、十津川は、亀井刑事を、喫茶店に呼んだ。

亀井が来ると、十津川が、橋本の推理を話した。

「それは、当っていると思いますよ」

と、亀井は、眼を輝やかせた。

「しかし、私の推理が、当っているかどうか自信ありませんが」

橋本は、遠慮がちに、いった。

「証明する方法は、あるよ」

と、亀井が、いう。

「どうやるんですか？」

「依頼主が死んでも、私立探偵は、依頼された調査を続けることがあるのかね？」

「調査費を貰っていれば、それを返すんですが、返す相手が死んでしまえば、返しようがありませんからね。良心的な探偵なら、費用にふさわしいだけの調査を続けるんじゃありませんか」

「それなら、調査費を貰い過ぎているからということで、調査を再開したらいい。君の推理が当っていれば、相手は、あわてる筈だ。それで、反応がつかめるよ」

と、亀井は、いった。

「なるほど。すぐ、取りかかります」

橋本は、勢い込んで、いった。

6

橋本は、事務所兼用の自宅マンションに帰ると、カメラとテープレコーダーを持って、外に出た。

安西ひろ子の依頼で、安西の女性関係を調べていた時は、相手にわからぬように、ひそかにやっていた。結局、それを感付かれてしまって、父を死なせることになったろう。

のだが、今度は、わからせなければならないのである。

と、いって、わざと大っぴらにやれば、かえって、おかしいと、思われてしまうだ

それに、調査の再開を、誰かに、告げておく必要がある。

橋本は、死んだ安西ひろ子に、妹がいたことを、思い出した。ひろ子のことで、何か話すとすれば、彼女以外にはいないだろう。

ひろ子のマンションで、一度だけ、会っている。名前は、確か三田冴子（みたさえこ）で、渋谷で、小さな貴金属店をやっていた筈である。

橋本は、車で、渋谷に廻った。

雑居ビルの二階で、従業員三人の店だが、高級品が並び、店のデザインも、洒落（しゃれ）ている。

冴子は、橋本の顔を覚えていなくて、彼が名刺を渡すと、やっと、「ああ、あの探偵さん」と、肯いた。

「姉は、死んでしまったんだから、もう、調査は、いいんでしょう?」

「頂（いただ）いた調査費が、まだ、余っているんです。私の事務所は、信用第一ですから、たとえ、依頼主が亡くなっても、頼まれた調査を続けます」

「良心的なのね」

冴子は、賞めているのか、からかっているのか、わからないいい方をした。

「それで、調査結果を、誰に報告したらいいかと考えましてね。亡くなった安西ひろ子さん側の肉親ということで、妹さんのあなたに報告書を持って来ます」

「私に？」

「ええ。まさか、安西さんに渡すわけにもいきませんのでね」

「そりゃあ、そうね」

と、冴子は、笑ってから、

「安西の関係していた女性って、見つかったの？」

「間もなく見つかりますよ。手応えはあるんです」

「見つかると、どうなるの？」

「安西さんの方が、先に、奥さんを裏切っていたことがわかれば、二百億円の財産の半分が手に入るかも知れません。子供がいなかったから、妹のあなたが、引き継ぐことになるんじゃないかな」

「ふーん」

と、冴子は、鼻を鳴らしてから、

「期待していて下さい」

「それなら、成功報酬は、私が、払うわ」

橋本は、ニッコリ笑って見せてから、車に戻った。

運転席に腰を下して、しばらく考えてから、橋本は、安西邸に行くことにした。

田園調布の典型的な豪邸である。前にも、何回か張り込んでいる。その時は、わからないように、かなり離れた場所に、車をとめておいたのだが、今日は、相手にわかった方がいいと思い、門の近くに、わざと、車をとめた。

望遠レンズつきのカメラで、入口を狙う。

車が出入りする度(たび)に、わざと、カメラを窓から突き出して、ぱしゃ、ぱしゃと、シャッターを押した。いやでも、相手が気付くようにである。

安西のベンツが出てくると、もちろん、尾行に移る。それも、ぶつかりそうになるぐらいに、近づいての尾行である。リアシートの安西が、時々、後を振り返るのが、見える。運転している若い男に何かいっている。

急に、ベンツが、スピードをあげた。

橋本も、アクセルを、踏み込んで、ちょっとしたカーチェイスになった。

ベンツ560と、中古の国産車では、勝負は、最初からわかっている。簡単に振り切られてしまったが、それでもよかった。安西は、尾行に気付いて、逃げたのだ。こちらの車種もわかったろうから、橋本が、調査を再開したと、思った筈である。

翌日も、同じことを、橋本は、繰り返した。

しかし、これといった反応はない。

（向うも、用心しているのだ）

と、橋本は、思った。安西ひろ子が殺されて、警察も、捜査している。そのことも、相手を、用心深くさせているのかも知れない。

夜になると、十津川から、電話が入った。

「やってるね」

と、十津川が、いった。

「しかし、今のところ、これといった反応がありません。ノレンに腕押しです」

「そうでもないよ」

「と、いいますと？」

「カメさんが、安西や、彼の周辺の人間を調べているんだが、安西が、急に、いらいらしはじめたということだよ。君が、また、調査を始めたからだ」

「それなら、効果があったということですね」

「十分にあったんだ。ただ、安西のいらいらが高くなると、君のお父さんのように、消される心配が出てくるよ」

「それは、平気です。危険は、馴(な)れていますからね」

と、橋本は、いった。

7

十津川の警告は、四日目になって、事実となって、橋本を襲った。

夕方になって、安西の車が、邸(やしき)を出たので、橋本は、いつものように、尾行に移った。ベンツは、今日は、追跡をまこうとせずに、ゆっくりと、走っている。

(おかしいな)

と、思いながらも、橋本は、尾行を続けた。

時間がたっていき、周囲が暗くなってきた。気がつくと、いつの間にか、奥多摩の山あいに入っている。

突然、眼の前を行くベンツが、スピードをあげ、あッという間に、振り切られてしまった。

（畜生！）

と、舌打ちして、橋本が、スピードをゆるめた時、背後で、重い、唸るようなエンジン音が聞こえた。

あわてて、バックミラーに眼をやると、闇の中から、二つのライトが、迫ってくるのが見えた。そのライトとライトの間隔から見て、巨大なダンプカーの感じだった。

次の瞬間、その鉄の塊りのような車が、猛烈な勢いで、ぶつかって来た。

激しい衝撃と共に、橋本の車は、宙に、投げあげられた。地上に叩きつけられると、また、相手は、ぶつかって来た。

橋本は、必死になって、アクセルを、踏み続けた。だが、ダンプカーは、たちまち追いついて来て、はね飛ばされる。

「この野郎！」

と、橋本は、叫んだ。

ハンドルを切って逃げようにも、狭い山道である。

また、ダンプカーが体当りしてくる。闇の中で、火花が走り、橋本の車のトランクがこわれ、破片が、舞いあがる。

橋本は、救いを求めるように、警笛を鳴らし続けた。そうしたところで、誰かが助けに来てくれる筈もなかったが、少しでも、相手がひるめばと、思ったのだ。

しかし相手は、かえって、気負い立ったのか、かさにかかって、車体をぶつけてきた。

橋本の車は、山肌に叩きつけられ、立ち直ると、今度は、反対側の崖(がけ)に向って、はじき飛ばされた。

必死に、ブレーキを踏んだ。

だが、それは、何の役にも立たず、橋本の車は、崖下に、転げ落ちて行った。

ダンプカーは、とまった。が、運転手は、窓から、崖下の暗闇に向って、視線を投げたあと、すぐ、何事もなかったように、走り出していた。

その翌日が、日曜日でなかったら、崖下に、車ごと転落した橋本は、恐らく、死んでいただろう。

日曜日で、快晴だったので、この辺りに、何組かのハイカーが訪れ、その中の一組が、発見し、警察に知らせてくれたのである。

意識不明のまま、橋本は、青梅(おうめ)市内の病院に運ばれた。肋骨(ろっこつ)二本が折れ、右足も骨折、顔は血だらけになっていた。

学生時代に、ラグビーをやってきた頑健な肉体のせいで、その日の午後には、包帯姿は、痛々しいが、喋れるようになった。

夕方、十津川と、亀井が、駈けつけてくれた。

「大変だったね」

と、いう十津川に向って、橋本は、

「とにかく、反応が出て、ほっとしました」

「ダンプに体当りされたということだが」

「そうです。暗かったので、ナンバーも、色もわかりません」

「色はグリーンで、十一トンの大型ダンプだよ」

と、亀井が、いった。

「見つかったんですか？」

「盗難車で、乗り捨てられているのが見つかったんだ、前部のバンパーがひん曲っていたから、間違いないと思うね」

「盗難車なのですか」

「盗まれたのは、昨日の朝だというから、その時から、君を殺す計画だったんだろう」

と、十津川が、いった。

「私は、まんまと、安西におびき出されました。自分の甘さに、自分で、腹を立てています」

「しかし、これで、君を殺そうとしたのは、安西とわかったわけだよ」

「逮捕は、無理でしょう?」

「ただ、ドライブしただけだというだろうからね」

と、十津川は、笑った。

「君は、完全に治るまで入院しているんだ。あとは、われわれがやる」

と、亀井がいった。

「身延山へ行って殺されたおやじの件は、私が、やらないと——」

「あれも、われわれが、解決するよ」

と、これは、十津川が、いった。

8

十津川と、亀井は、病院を出ると、乗って来たパトカーに、戻った。

亀井が、運転して新宿に引き返す。

「やはり、彼が、狙われましたね」

「安西は、なぜ、あんなに橋本君が怖いんだろうか？」

「彼が、何かを見つけたか、或いは、安西が、見つけたと思い込んでいるのか、それを、知りたいですね」

「わからないことが、もう一つある」

と、十津川が、いった。

「何ですか？」

「安西ひろ子が、殺されたことだよ。なぜ、彼女が殺されたのか、それがわからなくてね」

十津川が、いうと、亀井は、不思議そうに、

「それは、安西が、彼女に、莫大な慰謝料を取られるのが、嫌だからでしょう？」

「しかしねえ、安西は、橋本君の調査が怖くて、彼の父親を誘拐し、揚句(あげく)の果てに、殺してしまった。犯人の思惑どおり、橋本君は、調査をやめて、身延へ飛んで行った。成功したわけだよ。その後、橋本君のあとを継いで、誰かが、安西の浮気について、調査をしていた形跡はないんだ。それなのに、この時点で、なぜ、殺したのかと思ってね。今のところ、離婚問題は、訴訟(そしょう)になっても、安西に有利なんだから」

「そういえば、そうですね」

亀井も、急に、考える顔になった。

「今のところ、離婚は、夫の安西の方が有利なんだよ。夫側の弁護士の話では、ひろ子が、男と最初に関係したのは、去年の三月初旬だそうで、その頃、夫が浮気していたという証拠はないんだ」

「その、ひろ子の男というのが、何人もいて、わからないんですが」

「わかったよ。これから、会いに行こうじゃないか」

と、十津川は、いった。

新宿から、巣鴨に出て、駅近くのマンションに着いた。

「この七階に住んでいる、ダンサーだということなんだがね。名前は、高梨覚だと聞いている」

「ありますよ」

と、亀井が、並んだ郵便受を見て、いった。

七〇五号室まであがり、ベルを押すと、色白で、細面の若い男が、顔を出した。細身だが、ダンサーだけに、バネのありそうな身体つきをしている。

部屋に入ると、八畳の居間の壁には、高梨自身の写真が、何枚も掛っていた。クラブの舞台の写真が多いから、いわゆるクラブダンサーなのだろう。

(年齢は、三十二、三歳かな)

と、十津川は、思いながら、

「殺された安西ひろ子さんのことは、知っていますね?」

と、きくと、高梨は、肩をすくめて、

「またですか。別に、否定はしませんよ。彼女と親しかったのは、事実だから」

「またというのは、誰か、聞きに来たんですか?」

「ご主人の弁護士ですよ。僕は、否定したんだけど、写真を撮られていましてね」

「ひろ子さんとは、どんな風にして、知り合ったんですか?」

「去年の春頃、六本木のクラブで踊っているのを、彼女が、女友だちと、見に来たのが、最初です。彼女が、ファンになってくれて、つき合っている中に、まあ関係が出来てしまったわけです」

「失礼だが、パトロンみたいな存在でもあったわけですか?」

と、十津川がきくと、高梨は、むっとした顔になって、

「失礼な。僕には、それ相応の収入がありますよ」

「なるほど。このマンションも、あなた自身で、買われたものですか?」

「そうです。彼女は、美人だから、好きになったんで、金持ちの奥さんだったからじゃない。確かに、プレゼントは貰いましたが、高価なものじゃありませんよ」

「最後に、ひろ子さんに会ったのはいつですか？」

と、亀井が、きいた。

「僕を疑ってるんですか？」

「一応、関係者ですからね。三月十九日の夜、どこで、何をしていたか、教えてくれませんか？」

と、亀井がきいた。高梨は、仔細らしく、手帳を見ていたが、

「十八日から二十日まで、札幌のクラブで、踊っていて、二十一日に、帰って来ましたよ。ホテルの中のクラブで、毎日、午後八時から、十時までです。調べてくれれば、わかりますよ」

と、いった。

9

捜査本部に戻ると、十津川は、すぐ、北海道道警本部に電話して、調べて貰った。

返事は、翌日に来た。ホテル「K」の中にあるクラブで、確かに、三月十八日から二十日まで、毎日、夜八時から十時まで、踊っていたというのである。

アリバイは、成立したのだ。

「やはり、安西ひろ子を殺したのは、夫の安西ということになるんですかね？　アリバイも、その時刻には、自宅にひとりでいたというあいまいなものですから」

と、亀井が、十津川に、いった。

「アリバイが確かでも、人に頼んで殺させることは、可能だがね。あのダンサーだって、同じだが、彼が、金を出して、人を傭って、安西ひろ子を殺したとは思えない。殺すだけの動機があるとは、思えないからね」

「そうですね。ひろ子が、口封じに、あのダンサーを殺したのなら、わかりますが」

「そうだねえ」

と、あいまいに肯いてから、急に、亀井に向って、

「銀座にやってくれないか」

「どうするんです？」

「安西ひろ子側の弁護士に会ってみたいんだよ」

と、十津川は、いった。

すでに、午後八時を過ぎていたが、数寄屋橋の法律事務所には、坂口という弁護士が、まだ、仕事をしていた。

「私も、高梨覚というダンサーには、会ったことがありますが、彼が、犯人とは、思えませんね」

と、坂口弁護士は、いう。

「離婚問題ですが、橋本という私立探偵に、夫の素行を調べさせたのは、あなたの考えですか？」

と、十津川が、きいた。

「そうです。裁判になったら、何か、証拠があれば、有利ですからね」

「それで、私立探偵から、有力な報告書は届いたんですか？」

「一週間目に、報告書が届きました。私にではなく、ひろ子さんのところへ持って来たといい、それを、私も、見せて貰いました」

「今、その報告書がありますか？」

「私が、預っていますが」

と、いい、うすい、調査報告書を見せてくれた。確かに、橋本が、作ったものである。

安西の女についての報告だが、具体的な名前はなく、例のクラブのマネージャーの証言が、のっているだけだった。安西が、女と一緒に歩いているのを、それも、後姿を見たというマネージャーの証言である。

「これが、裁判の時に、役に立ちますか？」

と、十津川は、きいてみた。

「具体的な名前もないし、写真もないし、その上、伝聞ですから、役には、立ちませんね。この女の写真があって、どんな関係か、それが、いつからかがわかれば、役に立ちますが」

坂口は、冷静な口調で、いった。

「その後、この女の身元がわかるとか、写真が手に入るとかいうことは、なかったんですか？」

「そうなれば、ひろ子さんも、喜んだと思いますが、残念ながら、わかりませんでした」

「他の私立探偵に、調べさせることはしなかったんですか？」

と、亀井が、きくと、坂口は、吐息をついて、

「それなんですが、どうも、安西さん側が、手を廻したとみえて、なかなか、私立探

偵が、見つからないんですよ。それで、探している中に、ひろ子さんが、殺されてしまったわけです」

「あなたは、誰が、ひろ子さんを殺したと思いますか？」

と、十津川が、きいた。

坂口は、首をかしげて、考えていたが、

「最初は、安西さんか、彼に頼まれた人間と思ったんですが、今のところ、裁判になれば、向う側が有利ですから、殺す必要はなかったと思いますねえ」

と、いった。

「ひろ子さんが、安西さんの女の身元を知ったということは、考えられませんか？」

「それなら、すぐ、私に、知らせて来たと思いますよ」

と、いう。

確かに、その通りだと思った。

やはり、安西の女について、詳しい情報が入っていなかったのか？　それなら、どうしても、殺す理由が、無くなってしまうのだ。

十津川と亀井は、礼をいい、パトカーに戻った。

とたんに、無線電話が鳴った。十津川が、受話器を取る。

——例のクラブのマネージャーが殺されました。

10

中野のマンションだった。

1LDKの部屋の中で、十津川も、一度会ったクラブのマネージャーが、俯せに倒れて、死んでいる。パジャマ姿で、後頭部を殴られ、その上、首を電気のコードで絞められていた。

発見したのは、同じクラブで働くボーイだった。いつも、午後五時に迎えに来るのだという。今日も、迎えに来て、死んでいるのを、発見している。

「午前二時から三時の間ぐらいだろうね」

と、検死官は、いった。

「昨日は、店は、何時に閉めたんだね？」

十津川は、発見者のボーイに、きいた。

「いつもの通り、夜の十二時ごろ」

「マネージャーは、すぐ、帰ったのか？」

「いえ。いつも、ママと、三十分から一時間くらい、残ります」

「すると、午前一時近くに、店を出たわけだね？」

「ええ」

「君が、今日迎えに来たとき、ドアのカギは開いていたのかね？」

「ええ、開いてました」

「マネージャーは、人に狙われてるとか、殺されるかも知れないといったことを、店で話してなかったかね？」

「いえ、そんな話は、聞いてません」

と、ボーイは、首を横に振った。

マネージャーは、自分が殺されるとは、夢にも思っていなかったのだろう。だから、安心して、犯人を部屋に入れたのか。

ボーイを帰したあと、十津川は、室内を、徹底的に調べさせた。

全ての指紋を採り、手紙、写真の類を、残らず、集めた。

その中に、今度の一連の事件の関係者のものがあればと、思ったのだ。

手紙と写真には、一つもなかった。

あとは、指紋だけである。

翌日、鑑識の田島技官が、ニコニコしながら、十津川に、報告に来た。

「関係者の指紋が、見つかったよ」

「誰の指紋？」

「安西の指紋さ。居間のソファが、レザーで、それに、はっきりと残っていたよ」

と、田島は、いった。

十津川は、すぐ、安西を、呼びつけた。

「昨日、クラブのマネージャーが、殺されたんですが、現場に、あなたの指紋が残っていたんです。居間のソファにね。行きましたね。中野のマンションです」

十津川が、いうと、安西は、観念したように、

「行きましたよ。だが、私は、何もしていない」

「じゃあ、何をしに行ったんですか？」

「話を聞きに行ったんです」

「何の話ですか？」

「私が、離婚問題に悩まされているのは、ご存知でしょう？　あのマネージャーは、私が、若い女と一緒に歩いていたなんて、でたらめの証言をしていた。だから、なぜ、そんな嘘をつくのか、問いただしに、行ったんです」

と、安西は、いった。

「なぜ、そんな深夜に行ったんですか？」

「彼が、クラブから帰るのを待っていたら、自然と、そんな時間になってしまったんですよ」

「昼間行けば、よかったんじゃないですか？　或いは、彼の働いているクラブへ」

「昼間は、私だって、仕事で忙しいし、店へ行けば、他の客や、ホステスがいて、聞き耳を立てていますよ」

「それで、あなたが問いつめたら、マネージャーは、何といったんですか？」

「私と女が歩いていると思ったが、いわれてみると、違うかも知れないと、いってくれました。それなら、これからは、その通り、警察にも、弁護士にも、証言してくれと、釘を刺しておいて、帰りましたよ」

「何時に、あのマンションを出ましたか？」

「確か、午前二時半頃だと思いますが――」

「それを、証明することが出来ますか？」

と、亀井が、きいた。

安西は、眉をひそめて、

「ひとりで、車を運転して行ったから、証明なんか、出来ませんよ」

「まずいですねえ」

と、十津川が、いった。

「何が、まずいんですか？」

「あなたには、動機がある。奥さんの件についてもです。三月十七日の午後は、どこにいましたか？」

「十七日？　何のことですか？」

「身延線の井出という駅の近くで、橋本晋作という六十歳の男が殺された日ですよ」

「身延線？　そんな鉄道に乗ったこともありませんよ」

「それから、十七日の午後の行動を、話して下さい」

「日曜でなければ、その時間には、会社で、仕事をしていましたよ」

「東京八重洲口（やえすぐち）にある安西興業本社の社長室でですか？」

「もちろんです」

「橋本豊（ゆたか）という私立探偵は、ご存知ですね？」

「いや、知りません」

「身延参りに行って、誘拐され、殺された男の息子ですがね」

「何度もいいますが、私は身延山には、興味もないし、行ったこともありませんよ」

「しかし、私立探偵の橋本豊を、ベンツで奥多摩に誘い出し、ダンプで崖下に車ごと転落させたんじゃありませんか?」

「全く、心当りは、ありませんね」

「あなたのところの運転手に聞いてみますが、構いませんか?」

「どうぞ。三宅という男です。勝手に聞いてみて下さい」

安西は、平気な顔で、いった。

十津川は、安西を、調室に残しておいて、廊下に出た。

「その運転手を、連れて来ましょう」

と亀井が、いう。

「そうしてくれ。正直には、話さんだろうし、奥多摩まで、安西を乗せて、ドライブしただけじゃあ、罪にはならんがね」

十津川は、ほとんど期待せずに、いった。

亀井が、若い西本刑事を、連れて、飛び出して行き、すぐ、三宅という運転手を、連れて来た。

二十八歳の若い運転手である。

運転手兼、秘書といったらいいのか。三宅が、誇らしげに自己紹介したところでは、国立大学出身で、アメリカにも留学したことがあるという。

独身のせいか、洒落たブレスレットをし、背広も、外国製の高価なものだった。

だが、十津川が、訊問を始めると、急に口が重くなった。

奥多摩に行ったことも、否定した。

「そんな所へ、社長を乗せて行くことなんかありません」

と、真向から、否定するのだ。

「学校時代は、バレーボールでもやっていたんですか？」

十津川が、急に、話題を変えた。

「え？」

と、三宅は、戸惑った眼になった。

「いや、背が高くて、カッコいいからですよ」

「やっていたのは、フェンシングです」

「十七日の午後は、どこにいました？」

十津川は、また、事件に戻った。

「どこって、社長と一緒にいた筈ですが」

「十五日から、十七日まで、あなたは、会社にも、安西邸にもいなかった。社長の車を、他の人間が運転していたという人がいるんですがね」

十津川は、はったりをかました。

瞬時、三宅の顔に、狼狽の色が走る。それを、あわてて、隠して、

「そんなことは、ありませんよ」

「調べればわかることですよ」

「たとえ、僕が休んだとしても、それが罪になるんですか？」

「別に」

「じゃあ、なぜ、聞くんですか？」

「ただ休んだだけなら、罪にはならない。しかし、その間に、身延山に行って、誘拐、殺人をやれば、話は、別ですよ」

「そんなことはしていない！」

三宅は、大声を出した。

「明日、われわれと一緒に、身延線に、乗ってくれませんかね」

と、十津川は、いった。

「何のためです？」

「十五日に、あなたが、身延線に乗ったかどうか、調べるためです」

「断る！」

「社長の許可は、とってあげますよ」

「断りますよ。断乎として断ります」

「なぜです？　怖いんですか？」

「そんなことは、ありません」

「それならいいじゃないですか？　明日、身延山に行って貰うだけのことですよ。十五日に、身延線の電車に乗らなかったか？　十七日に、井出という駅の近くにいなかったか？　それだけを、確めさせて貰えばいいんです。あなたは、背が高く、美男子だから、覚えている人がいると思いますからね」

「明日で、いいんですね？」

三宅は、青白い顔で、きいた。

「もちろん、明日、東京発九時四八分のこだまに、一緒に、乗って下さい」

「なぜ、その列車なんですか？」

「向うで殺された橋本晋作という男は、この列車で、静岡まで行き、静岡から、急行富士川5号で、身延へ向っているからですよ」

と、十津川は、いった。九時四八分のこだまに乗ったというのは、橋本の話であり、その先は、十津川の想像だった。

三宅は、急に、口数が少くなり、あたふたと、帰って行った。

「西本君、尾行してくれ。日下君と一緒に」

と、十津川は、若い二人の刑事に、いった。

「明日、東京駅に連れて行くんじゃないんですか？」

「私の想像が当っていれば、今日中に、奴は逃げ出すよ」

と、十津川は、いった。

「逃げ出す気配があれば、すぐ、逮捕しますか？」

「今は、どこへ行くか、それを調べるだけでいい」

11

二人が出て行ったあと、急に、十津川は、考え込んでしまった。

亀井が、心配顔で、

「三宅という男が、多分、身延山の犯人ですよ。社長の安西に頼まれて、橋本君のお父さんを殺したに違いありません」

「それはいいんだ。私も、そう思っているよ」

「他に何かありますか？」

「三宅という男だがね。前に、よく似た男を見たような気がして、仕方がないんだ。どこで、会ったんだろうかと思ってね」

「以前にも、彼に、会われたことがあるんですか？」

「そうじゃないんだよ。よく似た男を、前に、どこかで、見ているんだ」

「現代風な美男子ですからね。誰かに似ていても、不思議はありませんが」

と、亀井は、いう。

十津川は、珍しく、いらだちの表情を見せて、

「それなら、どうということもないが、今度の事件に関係して、よく似た男に会っている筈なんだよ」

「背が高くて、ハンサムで、運動選手のようで――」

「痩せている。ちょっとばかり、傲慢な感じだ」

「高梨というダンサー――？」

と、亀井が、いった。

「ああ、あの男だ」

十津川は、やっと、ニヤッと笑った。

「しかし、警部。確かに、よく似た男ですが、それが、今度の事件に、どう関係してくるのかわかりません。偶然かも知れません」

「その通りだ。ちょっと、出かけてくる」

十津川は、唐突にいい、どこへ行くともいわずに、捜査本部を、出て行った。

三時間ほどして、十津川は、戻って来た。

亀井が、待ちかねていて、

「西本刑事から、連絡がありました。三宅は、新幹線で、西に向っています。こだまに乗ったそうですから、身延山へ行く可能性があります」

「やっぱりな。心配になって、橋本晋作を監禁していた場所へ行ったんだろう。自分が、そこにいたという証拠が、残っていないかどうかを、調べるためにね。安西は？」

「あと、何時間かは、ここに、留めておけます」

「それでいい。三宅が、安西に連絡できずにいる方がいいからね」

十津川は、満足気にいった。

「ところで、警部は、どこへ行っておられたんですか？」

亀井は、聞きたくて、仕方がなかったことを、やっと、きくことが出来た。

十津川は、笑って、

「安西のことを、調べに行っていたのさ。彼のことをよく知っている人間や、彼の会社を辞めた人間にも、会って来た」

「それは、すでに、調べたことだと思いますが」

「その通りだよ。だが、ちょっと視点を変えて、調べ直して来たんだ」

「視点を変えてといいますと――」

「安西は、三宅の他にも、何人か、秘書を使っているし、今までに使って来た。連中に、何か共通点がないかと思ってね」

「ありましたか？」

「あったよ。みんな若くて、ハンサムで、長身で、いわゆるカッコいい男たちだ」

「女性の秘書はいないんですか？」

「今はいない。過去に、二人いたらしいが、すぐ辞めている」

「ひょっとして、安西は、女性に興味のない人間じゃないんですか？」

「その可能性が、強くなって来たと、思っているよ」

「しかし、彼は、ひろ子と結婚していますが」

「それは、一つのゼスチュアじゃなかったのかね。安西は、政治的な野心もあるようだから、ゲイだという噂が立つのが怖かったんだろう。それで、美人のひろ子と結婚した。だが、そんな結婚がうまくいく筈がない。すぐ、破綻した」

「それを、ひろ子は、知らなかったんでしょうか？　夫婦なら、夫の性癖に、すぐ、気がついたと思うんですが」

「努めて、気付かせないようにしていたんだろうし、気付かれる前に、彼女に、浮気をさせ、それを理由に、離婚してしまう。慰謝料は払わなくてすむし、一応、結婚したことで、ゲイの噂も立てられずにすむ」

「すると、ひろ子の浮気は、作られたものですか？」

「正確にいえば、安西が、仕掛けたんだよ。あの高梨というダンサーは、安西の好みの青年だ。自分の男を使って、妻の浮気事件を作りあげたんだと思うね」

「しかし、安西には、現在、女がいることは、橋本君が、確認したと思いますが」

「例のスタイルのいい女と一緒に歩いていたというやつかい？」

「そうです。それで、彼まで狙われたわけですから」

「しかし、それは、クラブのマネージャーが見たと証言した、いわゆる伝聞でしかないんだ。橋本君も、いっていたじゃないか。女の匂いはするんだが、実態が、なかなか、つかめないと」

「そうですが」

「それは、つまり、本当の女じゃなかったからじゃないだろうか？　橋本君は、それに、気付かなかったが、安西は、疑心暗鬼に、落ちてしまった。もし、気付かれたら、離婚裁判で、完全に、不利になる。それで、橋本君親子を狙ったんだと思うんだがね」

「クラブ『杏子』のマネージャーまで殺されたのは、なぜなんでしょうか？」

「彼は、水商売で、男女の機微にくわしい。また、店に来る安西のことを、よく知っていた。たとえば、安西が、指名するホステスが、揃って、ボーイッシュだと思い出し、それを六本木で目撃した安西と女に当てはめ、一つの結論を出したんじゃないかね。ひょっとすると、あれは、男ではなかったのかと」

「そして、脅（おど）したということですか？」

「多分、金を要求したんだろうね。安西は、持って行くといって、安心させ、マンションに入って、殺したんだ」

「それで、殺す理由が、わかりますが、それなら、安西は、なぜ、自分の好きな男に、女装させて、連れて歩いていたんでしょうか？　男の姿のままで、秘書として、或いは、運転手として、連れて歩いていれば、何ということもなかったんじゃありませんか？　なまじ、女の恰好をさせて、歩いていたから、クラブのマネージャーに目撃され、橋本君にも知られてしまったわけですから」

「なぜだと思うね？」

と、十津川が、きき返した。

「え？」

と、亀井は、小さく声を出したあと、

「男の姿のままだと、まずいからということですね？」

「そうだ。他に、考えようがないよ」

「三宅という青年なら、別に、構わないわけですね。まさか――」

「そのまさかさ。高梨覚というダンサーなら、ぴったり合うじゃないか。もし、男の姿のまま、安西が、一緒に歩いているのを見つかったら、奥さんの浮気も、安西の企みとわかってしまう。だから、一緒にいる時は、女装をさせていたんだ」

「安西ひろ子が、殺されたのは、彼女が、やっと、そのことに、気付いたからですかね？」

「他に考えようがないんだが――」

「そうですよ。他に、考えられませんよ。彼女は、安西と、暮らしていた頃のことを、あれこれ考え直して、気付いたんじゃありませんかね。それで、かっとして、安西に電話して、ののしったんじゃありませんか？　財産の半分どころか、全部貰うとか。それで、安西は、ひろ子を殺してしまった。それに、決っていますよ」

「まあ、そうなんだが――」

なぜか、十津川が、あいまいないい方をした時、電話が鳴った。

十津川が出た。電話は、西本からだった。

「今、新富士です。三宅は、ここから、レンタカーを借りるようです」

「日下君は？」

「タクシーを止めて、向うの出方を見ているところです」

「そのまま、井出まで行く筈だから、見失うなよ」

と、十津川は、いった。

12

十津川は、大詰めが近づいているのを感じていた。

安西は、すぐ、家に帰すことを要求した。弁護士も、やって来て、抗議した。が、十津川は、抵抗した。

三上刑事部長も、逮捕状が出ていない人間を、留置するのは、まずいと、いった。

それに対して、十津川は、

「あと、数時間で、安西を逮捕する条件が、揃います。その前に、釈放したら、三宅が、彼と連絡をとって、ガードを固める恐れがあります」

「大丈夫なのか？」

「自信は、あります」

と、十津川は、いった。

彼の想像どおり、三宅は、レンタカーで、富士川沿いの国道、それは、身延線沿いの国道だが、を、北上して行った。

西本と日下の乗ったタクシーが、それを追う。

井出近くの富士川沿いに、空家になった農家があり、三宅は、その空家に、乗りつけた。

その直後、西本と日下は、空家に飛び込み、家の中を歩き廻っている三宅を、逮捕した。

これは、賭(か)けだった。

だが、三宅は、突然刑事が飛び込んで来たことに、動揺し、現場を押さえられた殺人犯になってしまったことが、十津川に、幸いした。

その空家の床の下を探したところ、身延山のお土産が見つかり、それに、橋本晋作の指紋がついていた。

もちろん、彼の指紋とわかったのは、東京に持ち帰り、橋本のマンションから採取した指紋と照合した結果である。

三宅は、社長の安西に指示されて、橋本豊のマンションを監視していて、彼の父親が身延山へ行くのを尾行したと、自供した。

「それで、身延山まで行ったのか？」

と、十津川は、連行されて来た三宅に、きいた。

「身延線で、身延まで行きました。相手が、お参りしている間、社長に、連絡をとると、何とか、空家を見つけて、監禁しておけと、いわれたんです」

「それで、どうしたんだ？」

「相手に、うまく話しかけて、近づき、盗んだ車に乗せました。帰りは、車で、富士まで送りましょうと、いってです。ところが、なかなか空家が見つかりません。井出の近くまで来て、やっと見つかったんです」

「なぜ、十七日に、殺してしまったんだ？」

「その日の午後、油断していたら、突然、逃げ出したんです。警察にでも駈け込まれたら大変だと思って追いかけました。川の傍まで来てつかまえたんですが、逃げられて、かっとしていたので、相手の顔を、水に押しつけたんです。殺す気はありませんでした。それなのに、弱っていたのか、すぐ、死んでしまったんです」

「それで？」

「川に放り込めば、溺死と見られるんじゃないかと思って、そのまま、川に沈めて、逃げだしました」

と、三宅は、いった。

それが、二十日になって、死体は、また、浮びあがって、発見されたのか。

「私は、殺したくて殺したんじゃありません。社長の命令で、やったことです。悪いのは、あの社長です」

と、三宅は、いった。

「橋本を、奥多摩に誘いこんで、殺そうとしたことも、認めるかね？」

「あれも、社長の命令だし、そのあと、ダンプを使って、私立探偵を殺すことになっているなんて、全く、知らなかったんです。誓いますよ」

と、三宅は、いった。

十津川は、留置しておいた安西を逮捕できると考え、三上部長に、報告した。

逮捕状が出た安西は、最初、鼻で笑い、次には、青くなり、最後に、自供した。

十津川は、すぐ、青梅の病院に、入院している橋本に、知らせに行った。

橋本は、もう、起きあがれるようになっていたが、退院までには、まだ、一ヶ月はかかりそうだということだった。

「君のお父さんは、やはり、君を、遠ざけるために、誘拐され、逃げようとして、殺されたんだよ」

と、十津川が、いうと、橋本は、眼をしばたたいて、

「私のために、おやじは、殺されたことになりますね」

「君の責任じゃないよ」

「それは、そうですが――」

と、橋本は、いったあと、

「安西は、全部、自供したんですか？」

と、きいた。

「そうだといいたいんだが、奥さんのひろ子を殺したのは、自分じゃないと、いいはるんだよ」

「他のことは、認めたのにですか？」

「そうなんだ。君を殺させようとしたことも、クラブのマネージャーに、脅迫されて、殺したことも、認めたのにだよ」

「嘘をいってるんじゃありませんか？」

「カメさんも、そういうんだがねえ。他の殺人を認めて、なぜ、一件だけ、頑固に、否認するのか、それが、わからないんだよ。殺人一件、誘拐と殺人未遂、もう一つ、殺人未遂の首謀者、それだけでも、多分、死刑だ。安西にだって、それは、わかっている筈なんだからね」

「本当に、奥さんだけは、殺してないんでしょうか？」

「そうだとすると、誰が、何のために殺したのか、わからないんでね」

と、十津川は、いった。

青梅からの帰りも、十津川は、そのことを考えていた。

十津川が、捜査本部に戻って、亀井に、話すと、

「安西の奴が、最後のあがきで、嘘をついているとしか、思えませんね。アリバイは、あいまいだし、他に、ひろ子を殺す人間は、考えられませんから」

「二人いるよ」

「二人って、誰ですか」

「高梨覚と、ひろ子の妹の冴子だよ。高梨は、本当は、安西の同性愛の相手で、彼に頼まれて、ひろ子を誘惑し、浮気の必然を作った。ひろ子が、それに気付いて、警察にいうといった。高梨は、狼狽し、ひろ子を殺した。おかしいかね？」

「おかしくはありません」

「妹の冴子の方は、狙いは、姉が手に入れる筈の莫大な財産だ。現に、ひろ子が亡くなり、安西は、負けて、大変な財産が、妹の冴子のものになろうとしているからね」

「しかし、それは、ちょっとおかしいですよ」

と、亀井が、いった。

「なぜだね？」

「ひろ子が殺された時点では、彼女が、果して、勝てるかどうか、わからなかったんです。いや、負ける可能性の方が強い時期だったと思います。その時、冴子は、姉を殺しても、果して、莫大な財産が、手に入るかどうか、わからなかったんじゃないですかねえ」

「なるほど。確かに、実の姉を殺すんだから、はっきりした確信が必要だろうね。手に入るかどうかわからないままに、人一人、殺しはしないと、私も、思うよ」

と、十津川が、いった。

「したがって、犯人の可能性があるのは、高梨だけです」

「高梨のアリバイをもう一度調べてくれないか」

と、十津川は、亀井に、いった。

翌日、亀井が、西本と二人で、高梨のアリバイを調べに出かけた。

二時間後に、二人とも、疲れた顔で、戻ってきた。

「残念ですが、アリバイは崩れませんでした。ひろ子が殺された日に、高梨は、他のダンサー二人と、やっぱり札幌にいました」

「高梨のアリバイは、完全に成立か」

「あとは、妹の冴子だけですが、こちらのアリバイも調べますか？」

「いや、まず、あの時期に、冴子が、姉を殺す理由があったかどうか、その解明が先だ」

「とにかく、姉のひろ子を殺せば、義兄の安西が、犯人にされる。財産は、自分のものになると、考えたんじゃありませんかね」

　と、亀井が、いった。

「しかし、もし、安西に確かなアリバイがあったら、思惑どおりにはいかないし、逆に、自分が犯人になってしまうよ」

「やはり、冴子は、確信があって、姉のひろ子を殺したことになりますね」

「どうして、姉を殺せば、財産が、自分のものになると、冴子が、確信したのか？」

「彼女も、私立探偵を傭って、調べていたんじゃありませんか？　安西のことを調べて、彼の浮気の証拠をつかみ、姉が勝つと確信して、殺し、自分が、財産の受取人になろうとしたということは、考えられませんか？」

　と、亀井が、きいた。

「冴子が、私立探偵を傭っていたなんて聞いたことがないね。それに、冴子は、今度の事件では、いわば、端役（はやく）だ。事件の中心にいたわけじゃない。それなのに、なぜ、姉が勝つと、確信したのか」

「そうですねえ」

と、亀井が、考え込んだ。

「一つだけ、考えられることがある」

と、十津川が、いった。

「何ですか？」

「当事者が、彼女に教えたりしてだよ」

「当事者といいますと？　安西ですか？」

「まさか。決定的な証拠を持っている人間が一人いるじゃないか」

と、十津川が、いった。

「高梨覚ですか？」

「そうだよ。彼は、安西が、ゲイであることも知っていたんだし、安西の企みも知っていた。彼が、証言すれば、安西は、負けるに決っていたんだ」

「高梨が、安西を、裏切ったわけですか？」

「ああ。冴子と結びつくことで、安西も、ひろ子も、裏切ったんだ」

と、十津川は、いった。

「二人を連れて来ます」

と、亀井は、いった。

＊

冴子は、頑として、姉殺しを否認した。が、高梨が、自供した。

「あの世界から、逃げたかったんですよ。僕は、もともと、ゲイではありません。それが、安西社長を知って、抜けられなくなってしまったんです。社長に命令されるままに、奥さんを、誘惑する役を引き受けました。しかし、このままでは、自分は、駄目になってしまうと、思っていました。何とかしたいと、思いながら、社長と別れて、貧しい生活になるのが、怖かった。彼に、マンションも買って貰ったし、月々、小遣いも貰っていましたからね。そんな時、彼女に会ったんです。若い冴子にです。僕は、彼女に、賭けてみようと思ったんです。彼女と一緒になれば、今の生活から抜けられる、とです。野心家で、姉のひろ子と仲の悪かった冴子は、すぐ、僕と組むことを承知しました。だから、僕たちは、愛で結ばれたんじゃありません。野心で結ばれたんです。しかし、冴子が、いきなり、姉を殺したのには、びっくりしました。彼女のいい分は、こうでした。姉が、財産を手にしてから殺したら、すぐ、自分の犯行とわかってしまう。今、殺っておけば、誰もが、殺したのは、安西だと思うというものでした。怖い女だと思いましたが、もう、彼女と一緒に行くより仕方がないと、思いました」

雪の石塀小路に死ぬ

1

二月十六日の夜に入って、京都の市内に、その冬二度目の雪らしい雪が、降った。

京都は広い。京都府という単位で考えれば、北は、日本海まで広がっている。京都市の単位で考えても、北と南では、気温の差がある。

市の中心と、洛北でも、温度差がある。夏になると、京都人は、市内の、鞍馬の貴船に避暑に行く。貴船神社近くの料亭で、鴨川の上流、貴船川の床で、涼をとりながら、料理を楽しむのだ。

市の中心から、貴船まで、車なら一時間足らずで行けるのだが、それでも、十度は違うと、京都人はいう。

だから、冬、北の三千院で、一面の雪景色になっても、中心部では、全く降らないことがよくある。

だが、この日は、市の中心部でも、本格的な雪になった。

京都の冬は寒いという定評がある。

雪が降れば、尚更だった。市内のいたるところで、交通渋滞が起きていた。京都の車は、雪に慣れているが、他府県から来た車の中には、慣れていないものもいたからである。

午後七時頃から降り出した雪は、べた雪で、どんどん、積っていく。

金閣寺の屋根も、竜安寺の庭も、京都駅の屋根も、雪に蔽われていった。

もともと、京都の街は、眠るのが早い。

京都は、寺と神社の町でもある。その寺や、神社は、午後四時か五時には、門を閉ざしてしまう。そうなると、寺や神社の周辺の、土産物屋や、食べ物の店も、閉まってしまう。

京都第一の繁華街、四条河原町周辺でも、ほとんどの店が、午後九時には、閉まってしまう。

唯一、夜中までやっているのは、祇園を中心としたお茶屋や、クラブだが、今夜のように、大雪になると、タクシーが、動かなくなってしまうので、お茶屋の女将さんや、クラブのママは、店を早く閉めて、客を乗せるタクシーの手配に、奔走した。

京都の街は、いつもより早く、眠ってしまった。

雪は、降り続いた。積雪が二十センチを超すと、動いていたタクシーも、あちこちで、立往生するか、仕事を諦めて、営業所へ帰ってしまった。

雪が止んだのは、午前三時過ぎである。

夜が明けた時、京都の街は、白銀の世界に、変っていた。

ホテルや旅館に泊っていた観光客は、その雪景色に、歓声をあげた。人々は、いつの京都が一番美しいかと考える。桜の季節も美しいし、紅葉の京都も素晴らしい。だが、冬の雪景色が、一番美しいという人もいる。それは、全ての汚れを拒絶する白の景色に見えるからだろう。

だが、京都に住む人々は、その雪景色を楽しんでいるわけにもいかなかった。生活があるからだ。

人々は、久しぶりの大雪に戸惑いながら、スコップを物置きから出して来たり、竹ぼうきを手にしたり、それもなくて、洗面器を手にして、家の前の雪かきを始めた。

石塀小路でも、同じように、雪かきが、始まった。

小路の奥で、日本旅館をやっている小柳館では、女将を始め、仲居も、板前も、一緒になっての雪かきになった。

玄関の前の雪を、まず、片側に寄せてから、少しずつ、通りの方へ作業を広げていく。

通りといっても、この辺りは、幅四メートルほどの狭い通りなのだが、そこに、人の形に、こんもりと、積雪が、盛りあがっているのが、眼に入った。

板前と、旅館の主人の二人が、驚いて、ゴム長を、ずぶずぶ、雪に埋（うず）めながら、その場所に近づくと、手袋をはめた手で、雪を落としにかかった。

二人とも、てっきり、行き倒れで、その上に、雪が積ってしまったと思ったのだ。或（ある）いは、酔っ払いが倒れたのか。

とにかく、助けなければという思いだった。

雪を落としていくと、なかに倒れているのが、女らしいと、わかってきた。

パンツをはき、白いカシミヤのコートを羽おった女だった。それが、俯（うつぶ）せに倒れている。

上半身の雪を落としていた板前が、急に、手を止めてしまった。白いコートの背中に、赤い血が、にじみ出ていたからだ。

その血は、すでに、かたまっている。

「これ、血じゃありませんか？」

若い板前は、青い顔を、主人に向けた。

「ああ、間違いなく、血だよ」

と、五十歳の主人も肯く。

「もう、死んでいるんでしょうか？」

「脈を診てみろ」

「脈ですか」

板前は、手袋を脱ぐと、女の手首に触れた。じっと、脈を診る。

「脈がありませんよ」

「おーい」

と、旅館の主人は、振り向いて、女将に、声をかけた。

「すぐ、一一〇番してくれ！　女の人が、殺されてるんだ！」

2

雪のために、パトカーは、四十分近くかけて、やっと、現場に着いた。

パトカーの車体は、ここにやって来るまでの間に、はね飛ばした雪と泥で、汚れていた。

二人の刑事が、雪に膝をつきながら、倒れている女を見、それから、近くの雪の中に落ちていたハンドバッグを拾いあげた。

安物の黒いハンドバッグ。中から、運転免許証を取り出した。

「藤沢敬一郎だって？」

その刑事が、頓狂な声をあげた。

もう一人の刑事が、倒れている死体を、仰向けにした。

「仏さんは、どう見ても、女だぞ」

「だが、ハンドバッグに、男名前の運転免許証が入ってるんだ。おかしいな」

と、片方の刑事が、大声を出した。

二人の刑事は、雪にまみれた死体の顔を拭き、運転免許証の写真と、比べてみた。よく似ている。

「仏さんはニューハーフか？」

それなら、理屈は、合うと、二人は、思った。

だが、一人の刑事が、何気なく、死体の髪に手をかけると、すっぽり抜けてしまった。かつらだったのだ。下は、スポーツ刈りだった。

「ニューハーフが、かつらをかぶるか？」

「かぶらないだろう。これは、ただの女装なんだ」

と、二人の刑事は、いった。

「しかし、美人だよ」

と、一人が、いった。

背中から、ナイフと思われる兇器で、刺されている。刺されたのは、三ヶ所。

鑑識の車もやって来て、現場の写真を撮り始めた。

京都府警の捜査一課から、桧山警部が、やって来た。初動捜査班の刑事たちから、説明を受けると、運転免許証に、眼をやった。

「東京から来た観光客か」

と、呟く。

免許証にあった住所は、東京都世田谷区内のマンションになっていた。

ハンドバッグには、他に、長楽館のパンフレットが入っていた。長楽館は、女性専門のホテルだった。

被害者は、そこに、泊っていたのか。

桧山警部は、ベテランの中山刑事を連れて、円山公園の中にある長楽館に廻った。

ここでも、従業員が、ホテルの前の雪かきをやっていた。

長楽館そのものは、明治のレトロ建築で、喫茶店になっているが、傍にある新館が、レディスホテルになっている。

桧山は、ホテルのフロントで、警察手帳を見せ、宿泊者カードを見せて貰った。

一昨日の二月十五日から、三日間の予定で、藤沢あけみという名前の女性が、泊っていた。住所は、運転免許証と同じだった。

「この人は？」

と、桧山は、きいた。

「昨日の午後、外出なすって、そのまま、お帰りにならないんです。きっと、市内のお友だちの家にお泊りになったんだろうと思っています。何しろ、この雪ですから」

と、フロント係は、いう。

「死にました。今朝、石塀小路で、死体が、発見されたんです。殺しです」

「まさか――」

「十五日から、今日までの予定になっていますね？」

「はい」

「ひとりみたいですね？」

「そうなんです、ひとりで、お泊りでした」

「毎日、何をしていたか、わかりますか？」

「よく、外出なさっていましたよ。市内見物というより、誰かを、お探しのようでした」

「なぜ、そういえるんですか？」

「外出から、お帰りになると、留守の間に、電話がかかって来なかったかと、しきりに、きいて、いらっしゃいましたから」

と、フロント係は、いう。

「それで、結局、電話は、かかって来なかったんですか？」

「それが、昨日、藤沢さんが、外出なさったあとで、電話がありました」

「男からですか？　それとも、女の声で？」

「男の声でした」

「それで、何だと？」

「藤沢さんが、そちらに、泊っているかときかれました。泊っていらっしゃいますが、今、外出なさっていますというと、それで、切れてしまったんです」

「自分の名前も、伝言もいわずにですか？」

「そうです」

「その男は、藤沢さんは、といったんですか？　それとも、藤沢あけみさんといったんですか？」

桧山は、念を押した。

「藤沢さんでした。名前までは、おっしゃいませんでした」

と、フロント係が、答える。

（難しいな）

と、桧山は、思った。これだけでは、その男が、藤沢を、男と知っていたか、女と見ていたかわからない。

まして、電話をかけてきた男が、犯人かどうかということは、全く見当がつかない。

「この藤沢さんは、電話で、予約していたんですか？」

「電話でした」

「何か、所持品が、残っていませんか？」

「ええ。ショルダーバッグが一つありますけど」

と、フロント係は、いい、それを、持って来て、見せてくれた。

かなり大きいショルダーバッグで、あのハンドバッグも、この中に入れていたのではないのか。

そう考えるほど、中身が少かった。入っていたのは、着がえの下着ぐらいだが、それが、全部、男物だった。

被害者は、下着は、男物だったらしい。

と、すると、ますます、被害者は、趣味として女装していたのではなく、何か理由があって、女装していたことになる。

捜査本部が、置かれると、桧山は、まず、東京の警視庁に、協力を要請した。

電話に出た捜査一課の十津川警部に、事件について説明した。

「東京都世田谷区上北沢七丁目のヴィラ上北沢の５０２号室の藤沢敬一郎という男について、調べて欲しいのです。年齢は二十八歳。昨夜、京都の石塀小路で、殺されました」

「昨日、そちらは、大雪だったそうですね」

「そうでした。市内でも三十センチも積りました。その雪の中で殺されたのです。奇妙なことに、この被害者は、女装して、死んでいるんです。きれいな女性に見えました。長楽館という女性専用のホテルに泊っていました」

「そのホテルの名前は、知っています。すぐ、藤沢敬一郎という男について、調べてみます」

と、十津川は、いった。

3

十津川に命令されて、若い西本と日下の二人の刑事が、藤沢敬一郎について、調べることになった。

京王線上北沢駅から、歩いて、十二、三分の、甲州街道に面した七階建のマンションだった。

管理人に会い、警察手帳を見せて、502号室を、開けて貰った。

がらんとした2DKの部屋だった。

がらんとしてはいるが、男の部屋にしては、きちんと、整頓されていた。

洋ダンスを開けたが、入っていたのは、男物の背広や、コートばかりだった。

女装して、死んでいたと、十津川はいうが、女のものは、何処にもなかった。女の服もないし、バッグも、化粧品もない。

壁には、五、六人の男女が、一緒に写っているパネルが、かかっていた。

「十月七日、S講堂にて、ハムレット公演」

と、書かれてあった。

何処かの劇団に属していたのか、それとも、アマチュア劇団に入っていたのか。

これを見れば、化粧は、うまかったかも知れない。

机の引出しから、アルバムと、手紙が、出て来た。

アルバムには、パネルと同じように芝居の写真が、何枚か貼ってあった。

手紙は、数が少かった。今どきの若者らしく、用事は、電話ですませていたのだろう。

引出しからは、芝居のパンフレットが、出て来た。

パネルにあったハムレット公演のパンフレットだった。

その中に、藤沢敬一郎の名前ものっていた。彼の役は、ハムレットの友人のホレーショである。

劇団の名前は、西本も、日下も知らないものだった。多分、アマチュアに毛の生えたような、無名の劇団なのだろう。

「なかなかの美男子だよ」

と、西本は、パネルを見て、いった。

「これなら、女装すれば、美女に見えるかも知れないな」

日下も、同意した。

だが、これだけでは、なぜ、京都に、女装して行ったのかは、わからない。

管理人にも、藤沢敬一郎について、話を聞いた。

「藤沢さんが、どんな仕事をしていたか、わかりますか？」

西本が、きくと、

「役者さんだったんじゃないんですか？」

「それで、完全に食べていたとは思えないんでね。決った仕事をしていたか、アルバイトをしていたか、それを知りたいんですよ」

「その辺のことは、よくわかりません。芝居をやっていたのは、切符を買わされたことがあるので、知っていましたが」

「藤沢さんが、女装しているのを見たことがありますか？」

日下が、きいた。管理人は、笑って、

「そんなの、見たことはありませんよ」

と、いう。

これでは、何もわからないのと同じだと、西本と日下は、部屋の中を、徹底的に、調べることにした。

押入れを開けた。

布団と一緒に、遺骨の入った骨壺が眼に入った。たたまれた布団の上に、骨壺が、のっているのだ。

真新しい遺骨だった。

白布に包まれた骨壺には、戒名も書かれていない。

二人の若い刑事は、そっと、骨壺を押入れから取り出して、リビングルームのテーブルの上に置いた。

これが、誰の遺骨で、なぜ、ここにあるのか、西本たちには、見当が、つかなかった。

とにかく、西本は、十津川に、電話をかけた。

「この部屋で、奇妙なものは、遺骨だけです。真新しいものですが、戒名はついていません」

「他に、何か、殺人を暗示するような手紙などは、見つからないのか？」

「見つかりません」

「恋人は？」

「彼が所属していた劇団に、いるかも知れません」

「じゃあ、その劇団へ行って、藤沢のことをきいてみてくれ。それから、遺骨の身元だ」

と、十津川は、いった。

西本と日下は、藤沢が属していたアマチュア劇団を訪ねてみた。

それは、駅前の雑居ビルの二階にあった。丁度、次の公演のパンフレットを、三人の仲間で、作っているところだった。

劇団の主宰者で、沢田という中年の男は、事件のことをテレビで知ったらしく、西本たちの質問に、

「そりゃあ、弱っていますよ。何しろ、うちで、最高の二枚目でしたからね。今、代役を立て、次の公演をやることにしています」

「藤沢さんは、女装して、京都で死んでいたんだが、何か、心当りはありませんか？」

「殺されたんでしょう？」

「そうです」

「彼から、京都の話は、聞いたことがありませんよ。うちの劇団が、京都で公演したこともないし――」

と、沢田は、いう。

「女装については、どうですか?」

「どうって?」

「公演の中で、女装したことはありますか?」

「無いですよ。ただ、公演が終ったあとのバカさわぎで、女装したことはありましたね。色白で、細面(ほそおもて)だから、すごい美人に見えましたよ」

沢田は、微笑した。

「藤沢さんに、恋人はいませんでしたか? 例えば、劇団の中に」

西本が、きくと、若い劇団員が、

「かずえ君じゃないか」

「その人が、恋人ですか?」

「仲が良かったのは、本当です。N薬品のOLですがね」

「その人に、会いたいんですが」

日下が、いうと、沢田が、腕時計に、眼をやって、

「この時間なら、会社で、仕事をしているんじゃないかな。新宿本社で、会計の仕事をしている筈(はず)ですよ」

西本と日下の二人は、西新宿のN薬品の本社に行き、会計課で働いている斎藤かずえという女に会った。

「一時、同棲していたこともありましたわ。今も、一番、仲のいい友だちかな」

と、かずえは、いった。

「じゃあ、彼が、京都で殺されたことは、ショックだったんじゃありませんか？」

西本が、きいた。

「ええ。今でも信じられないの」

「女装して、殺されたことは、どうですか？」

「それも、ショック。彼は、別に女装趣味はなかったしね」

「彼と、一緒に、京都へ行ったことは、ありませんか？」

「ありません。私も、京都へ行ったのは、高校時代に一度きりです」

「実は、藤沢さんの部屋を調べたら、押入れに真新しい遺骨があったんです。誰の遺骨か、あなたは、想像がつきませんか？」

と、日下が、きいた。

「ご両親は、確か、彼が子供の時に、亡くなっていると聞いてます」

「きょうだいは？」

「そのことは、なぜか、全く話してくれないんですよ。しつこくきくと、怒ってた。だから、何か事情があると、思っていたんです」

「藤沢さんの郷里は、何処ですか?」

「確か、福島県の会津若松だと思います。白虎隊の子孫だっていっていたことがありますから」

と、かずえは、いった。

4

十津川は、西本たちの話から、藤沢の郷里の会津若松市に、照会してみることにした。

藤沢の身内についてである。

丸一日して、回答が、FAXで、送られて来た。

〈藤沢敬一郎(二十八歳)について、回答致します。

敬一郎は、会津若松市内で、父親徳次と、母親佳乃の長男として生れています。きようだいは、一つ年下のあけみだけです。

父親藤沢徳次は、会津若松市で、運送業をやっており、敬一郎が高校二年の時、亡くなりましたが、その時、大きな遺産を兄妹に残しています。

母親佳乃も相ついで亡くなっていますが、その後、敬一郎は、上京し、K大に進んだことは、わかっています。

妹のあけみも、上京した筈ですが、現在の消息については、不明です〉

「確か、京都のレディスホテル長楽館に泊った時、藤沢は、藤沢あけみという名前を、使っていたんだった」

と、十津川は、いった。

京都府警の桧山警部は、そういっていた筈である。

彼は、女装し、妹の名前で、ホテルに、チェック・インしたのだ。

と、すれば、藤沢と、妹は、仲が良かったのではないか。だが、藤沢の恋人のかずえは、妹のことは、聞いたことがないという。彼のマンションにも、妹のあけみとの連絡を示すような手紙類は、見当らなかった。

「君たちが見つけた遺骨というのは、ひょっとして妹のものじゃないのかね？」

十津川は、西本と日下の二人に、いった。

「しかし、確認のしようがありません。戒名も書いてありませんでしたから」

「真新しいものだったんだな?」

「そうです」

「それなら、都内の火葬場に、当ってみたらいい。その中に、藤沢あけみの名前が、見つかるかも知れないぞ」

と、十津川は、いった。

西本と、日下は、すぐ、都内の火葬場に電話をかけて、最近、藤沢あけみという名前は、なかったかどうか、きいてみた。

その結果、世田谷区祖師谷の火葬場で、十日前に、藤沢あけみという女性を、荼毘にふしたという答が、戻って来た。

二人は、すぐ、祖師谷に向った。

寒空の中で、ひっきりなしに、霊柩車が、到着する。寒くなると、死者が、多くなるのだろう。

西本たちは、事務所で、所長に会って、藤沢あけみのことをきいた。

「確か、お兄さんが、ひとりだけの寂しいものでした」

と、所長は、いった。

「お兄さんが、ひとりだけですか？」

「そうです。何でも、この世に、兄妹だけの身内だといわれていましたね。何か、わけがあるんでしょうが」

「死亡証明は、どうなっていたんですか？」

日下がきくと、所長は、それを見せてくれた。

死亡した藤沢あけみの住所は、東京都調布市のマンションになっていて、死亡診断書を書いたのは、同じ調布市内の池内（いけうち）という医者だった。

死因は、心不全。

西本たちは、今度は、藤沢あけみが、住んでいた調布市内のマンションに、廻ってみることにした。

多摩川が近くに流れる場所だった。五階建の小さなマンションだった。その305号室が、彼女の部屋だった。

管理人に、部屋へ入れて貰う。

1DKの狭い部屋だった。部屋に入って、まず、眼についたのは、パソコンだった。

「きれいな人でしたよ」

と、管理人は、いった。が、続けて、

「ただ、右足が不自由で、杖をついていらっしゃいました」

「二月九日に、亡くなったんでしたね」

「そうです。突然のことで、びっくりしましたよ」

「お兄さんが、来て、葬式を出した？」

「ええ。お兄さんがいるなんて知りませんでしたから、びっくりしましたね」

管理人は、本当に、びっくりしたという顔になった。

「一度も、お兄さんがいるということは、聞いていなかったんですか？」

西本は、確かめるように、きいた。

「ええ、全く聞いていませんでした」

「彼女は、何をしていたんですか？」

「お勤めじゃなくて、翻訳の仕事をしているようなことを、おっしゃっていました」

その言葉を裏書きするように、本棚には、三種類の翻訳された童話本が、何冊も、置いてあった。

その一冊を手に取ってみると、なるほど、訳者として、藤沢あけみの名前が、印刷されていた。

「杖がありませんね」

日下が、いうと、管理人は、

「それは、お兄さんが、柩の中に入れてあげたみたいですよ。あの世へ行っても、歩き易いようにといって」

「火葬場には、お兄さんが、ひとりで、行ったみたいですね」

「実は、私や、お隣りに住む方が、一緒に行きましょうといったんですが、お兄さんは、自分ひとりだけにして欲しいといわれましてね」

「藤沢あけみさんが、ここに越して来たのは、いつ頃ですか？」

「確か、三年ほど前だったと思います」

「三年の間、お兄さんは、一回も、訪ねて来なかったんですか？」

「ええ。一度も、見かけませんでしたね」

そんな兄妹というのが、あるものだろうか。

余程、仲が、悪かったのか。しかし、それにしては、妹の藤沢あけみが亡くなってからの藤沢の行動は、妹を愛する兄の姿ではないか。

マンションを出ると、二人の刑事は、近くにある池内医院に廻った。死亡診断書を作った医者である。

五十歳ぐらいの個人医だった。西本と、日下の二人が、警察手帳を見せて、

「この先のマンションの住人で、十日前に亡くなった藤沢あけみさんのことで、おききしたいことがありましてね」

と、きくと、とたんに、池内医師のの表情が、変った。

「あれは、お兄さんに、どうしてもと、頼まれましてね。仕方なく、心不全ということにしたんですが」

「違うんですか？」

今度は、西本たちの方が、びっくりして、きいた。

「自殺でした」

「自殺？」

「不眠症ということで、睡眠薬を貰っておいて、それを一度に、飲んだんですよ。でも、お兄さんが、どうしても、病死にして欲しいと、いわれたものですからね」

と、池内医師は、いった。

「自殺の原因は、何だったかわかりますか？」

日下が、きいた。

「いや、私は、知りません。お兄さんが、知っていたかどうか――」

遺書は、あったのだろうか。ひょっとして、それも、兄の藤沢は、柩に入れてしまったのではないか。

西本と日下は、ひとまず、警視庁に帰り、十津川は、これまでにわかったことを、電話で、京都府警の桧山警部に知らせた。

桧山は、黙って聞いていたが、

「妹の藤沢あけみが、十日前に、自殺したことと、藤沢が、京都で、女装して殺されたことと、何か関係があるんでしょうか？」

と、きいた。

「私にも、わかりません。兄妹の仲が、複雑だったようで、その辺がわかれば、見当がつくと思っているのですが」

と、十津川は、いった。

「藤沢あけみの顔写真は、手に入りますか？」

「入手しているので、すぐ、送ります」

「兄妹だから、似ていると思いますが、その点、どうですか？」

桧山警部が、きく。

「よく似ています」

「と、すると、女装していれば、なおさら、兄妹はよく似ているでしょうね」

「それと、事件が、何か関係がありますか？」

と、十津川は、きいた。

「藤沢敬一郎は、女装して、レディスホテルに泊り、しかも、藤沢あけみと、妹の名前を名乗っています。その上、顔が似ていれば、妹と間違えられて殺されたということも、十分に考えられると思うのです」

「なるほど。藤沢敬一郎も、妹に間違えられるのを承知で、京都へ、女装して行ったのかも知れませんね」

と、十津川も、いった。

「問題は、なぜ、そんなことをしたかということですが」

と、桧山は、いった。

確かに、その通りなのだが、藤沢あけみが死に、兄の敬一郎まで死んでしまった今となっては、解き明かすのは、簡単ではないかも知れない。

十津川は、西本と日下の二人を呼んで、

「藤沢あけみの自殺した理由は、わからないか？」

と、きいた。

「もう一度、彼女のマンションに行ってみます」

と、西本は、いい、日下と二人、警視庁を出て行った。

そのあと、十津川は、亀井に、向って、

「殺された藤沢敬一郎だが、アマチュア劇団に入る前は、どうしていたのかな？」

「調べて来ましょう」

と、亀井は、いい、彼も、出かけて行った。

亀井の方が、早く、電話で、十津川に、知らせてきた。

「劇団に入る前ですが、藤沢は、大学を出たあと、M工業に入社していることが、わかりました」

「一流企業じゃないか」

「そうです。私は、これから、M工業に行って、その頃のことを、きいてみようと思っています」

「本社は、大手町だったな？」

「そうです」

「私も、そちらに行くよ」

と、十津川は、いった。

亀井と、大手町のM工業本社前で落ちあった。

「私も、藤沢兄妹のことに、興味を感じてね」

と、十津川は、いい、亀井と、ビルの中に入って行った。

藤沢と、同期に入社したという小沼という男が、今、主任で、残っていた。

「彼は、おかしな奴でしたよ」

と、小沼は、いきなり、いった。

「どんな風にですか？」

十津川が、きく。

「優秀な成績で、ここに入社し、エリートコースを歩いていたんです。それが、突然、辞めてしまったんですからね。上司も、困惑していましたよ」

「辞めた理由は、アマチュア劇団に入ることだったんですかね？」

「それは、あとになってからで、ここを辞めた理由と別だと思います。多分、妹さんのことが、原因だったんじゃないかと、今になると、考えるんですがね」

「あけみさん？」

「そうです」

「なぜ、そう思うんですか？」

「彼が、辞めてから知ったんですが、彼が、自動車事故を起こしましてね。その時、同乗していた妹さんが、重傷を、負ってしまったんです」

「それが、原因で、右足が、不自由になったということですか？」

と、亀井が、きいた。

「そうだと思います。彼が運転して、妹さんが、助手席に乗っていたと聞いていま す」

「それは、いつのことですか？」

「僕が、入社して二年後だから、今から四年前の秋です。その直後に、彼は、会社を辞めたんです」

と、小沼は、いった。

「場所は、何処ですか？」

「確か、甲州街道の芦花公園あたりだったと聞いているんですが」

小沼は、場所については余り、自信がなさそうだった。

十津川は、とにかく、その事故が、あったかどうか、あったとすれば、どんな状況で起きたのかを知りたかった。

世田谷署の交通係に、電話してみると、確かに、四年前の十月九日に、藤沢敬一郎所有の車が、事故を起こしていることが、わかった。

その詳しい話を聞くために、二人は、世田谷署に向った。

交通係で、この事件を担当した鈴木という刑事は、十津川たちが、わざわざ、事件を調べに来たことに、驚きの表情で、

「あの事故は、別に、刑事事件には、ならないと思いますが」

「運転していたのは、藤沢敬一郎なんだね？」

と、亀井が、きいた。

「そうです。車は、中古のポルシェで、事故の原因は、明らかに、スピードの出し過ぎで、コンクリートの電柱に激突したわけです」

「それで、同乗していた妹の藤沢あけみが、重傷か？」

「そうです。運転していた藤沢敬一郎の方は、奇跡的に、軽傷ですんだ事故です」

「それで、救急車で、何処の病院に運ばれたんだ？」

「この近くのR救急病院です」

と、鈴木刑事は、いった。

今度は、その病院に、廻ってみた。藤沢あけみの緊急手術を担当した医者に、話を聞く。

「あれは、奇跡みたいなものでした。よく、助かったと思いますね」

と、医者は、いった。

「右足が、不自由になったのは、この事故のせいですね？」

十津川が、確かめるように、きく。

「そうです。しかし、あれは、どうしようもなかった。死ななかったのが、奇跡でしたね。一時は、右足を切断しなければと考えたんですが、兄さんの方が、それだけは、止めてくれと、いったので、なおさら、難しい手術になりました」

「兄さんの方は、軽傷だったそうですね？」

「人間の運命が、いかに、微妙なものかということでしょうね。電柱に激突した時の角度が、少しでも違っていたら、兄さんの方が、重傷を負っていたかも知れないのです」

「兄さんの様子は、どうでした？」

「半狂乱というのは、ああいうのを、いうんでしょうね。あとで、身寄りが、兄妹二人だけと聞いて、さもありなんと、思いました。もし、あの時、妹の方が、死んでいたら、兄さんの方は、自殺していたんじゃないか。そんな気がしましたよ」

「それほど、妹思いだと、思ったわけですね？」

「感動しましたよ。この兄のためにも、死なせてはいけないと、思いましたね」

と、医者は、いった。

それなのに、西本たちが調べたところでは、この兄妹は、ここ三年間、全く、疎遠になっていたという。

藤沢の恋人の話でも、妹がいることさえ、知らなかったというではないか。

「手術したあと、兄妹は、どうなったか、覚えていらっしゃいますか？　妹の方は、大手術で、リハビリが、必要だったと思いますが」

と、十津川は、きいてみた。

「もちろん、リハビリは、必要でした。彼女の場合、右足は、マヒしています。リハビリしなければ、硬直したままとなって、歩けなくなってしまいますからね。それで、私は、暖かい南房総のリハビリセンターを紹介しました」

「それで、兄妹は、そこへ行ったんでしょうか？」

「行ったと思いますね。ただ、あのリハビリセンターは、希望者が、多いので、入院できないかも知れない。その時には、近くに、家を借りて、通院しなければならないとは、いいました。あの兄妹は、そうしたと思いますよ。兄さんの方は、毎日、車で、リハビリセンターまで、妹さんを、運んだんじゃありませんかね。ここを退院する時、そうしますと、いっていましたから。私も、南房総リハビリセンターに、紹介状を書いておきました」

と、医者は、いった。

5

十津川と、亀井の二人は、東京駅から、列車で、鴨川に向った。

西本たちからの報告は、その列車の中で、携帯電話で受けた。

「藤沢あけみですが、新しくわかったことは、パソコンに、熱中していたことです。翻訳原稿の作成にも、使っていたようですが、その他に、インターネット上で、友人を作るのにも、利用していたようです。今、どんな友人を作っていたか、それを、何とか、調べ出せたらいいと思っています」

と、西本は、いい、日下は、

「兄の藤沢敬一郎とは、このマンションに来てからは、全く、連絡はなかったようです。インターネットで、友人を作っていたのは、孤独な寂しさからだったと思います」

と、いった。

鴨川で、十津川たちは、降りると、タクシーで、南房総リハビリセンターに、向った。

海の見える丘の中腹に建つ広大な施設だった。

総合病院でもあり、一階の広い体育館では、何十人という患者が、訓練士の指導を受けながら、リハビリをしていた。

十津川たちは、それを見学したのだが、患者の乗って来た車椅子が、ずらりと並んでいて、壮観だった。

軽症から、重症の患者まで、それぞれ、異ったリハビリを受けている。脳血栓や、脳梗塞から、半身マヒを起こした患者も多いが、最近は、交通事故の患者も多いと、二人を案内してくれた医者が、いった。

「ここに入りたい患者も多くて、今、午前と午後に分れて、訓練をしているのですが、それでも、足りません。入院希望者が、多くて、収容しきれません」

「近くに、マンションを借りて、ここに通って、リハビリを受ける人もいるわけですね？」

「信用できる付き添いがいれば、許可しています」

「本庁の刑事です。それを、引っくり返したんです。チャットって、楽しいですよ。相手の顔も、素性もわからないから、かえって、好きなことが、いえるんです」

「しかし、親しくなっていけば、その中に、本気で、会ってみたくなるんじゃないのかね？」

と、十津川が、きいた。

「そういうケースもありますよ。だから、インターネットを、うまく使えば、素敵な結婚相手を見つけることも出来るんですが、相手が、よくわからないわけですから、危険でもありますよ。インターネットの上での会話では、すごく優しくても、会ってみたら、ワルだったということも、あり得ますからね。特に、若い女性にとっては、危険です」

「危険だが、チャット仲間を探していたということは、藤沢あけみが、それだけ、寂しかったということになるんじゃありませんか？」

と、亀井が、いった。

6

藤沢あけみにとって、藤沢敬一郎は、この世で唯一の肉親だった。

その兄を失った形になっていた。

それは、多分、死別するよりも、辛いことだったろう。

その寂しさをまぎらわせるために、あけみは、インターネットで、友人を求めた。

顔も、素性もわからない、インターネット上の友だち。それは、かえって、彼女には、心安かったのではないか。

三田村も、その点について、こう、十津川に、いった。

「気安いんですよ。ただ、会話を楽しめばいい。相手が、重荷になってきませんからね」

「それで、君は、今でも、続けているのか？」

「ええ。仕事を終って、帰宅すると、パソコンのスイッチを入れるんです。そうすると、何通かのメッセージが届いているんです。何かで、落ち込んでいる時なんか、ああ、自分にも、友だちがいるんだなと、ほっとしますね」

「それで、君は、その友だちに、実際に、会ってみたくなったことはないのか？」

と、十津川は、きいた。

「そりゃあ、楽しい会話が続くと、その女性に、会ってみたくなりますよ。しかし、実行はしていません。幻滅を感じるのは怖いし、中には、男が、女の名前を使って、こちらを、からかっているケースも、ありますからね。もしそんなことにぶつかったら、眼も当てられません」

三田村が、笑いながら、いった。

問題は、藤沢あけみが、どんなチャットをしていたかということである。

いつまでたっても、西本と日下の二人が、戻って来ないので、十津川と亀井は、心配になって、彼らの方から、調布市のあけみのマンションに出かけてみることにした。

３０５号室では、まだ、西本と日下が、パソコンと、格闘していた。

画面には、文字による会話が、映されている。西本が、マウスを操作すると、その会話が、動いていく。

「自殺した藤沢あけみが、インターネットを使って、どんな人間とつき合い、どんな会話をしていたのか知りたかったんです」

と、西本が、いった。

「彼女は、いつから、パソコンを使っていたんだ？」

　十津川が、きく。

「二年前からと、わかりました。ここに住んでから、二年間は、翻訳の原稿も、手書きでしていたようです。丁度、一年前に、パソコンを購入し、同時に、インターネットをするための登録もしています」

「その時から、チャット仲間を募集していたんだろうか？」

「それはわかりません。が、とにかく、今、いったように、インターネットで、どんな人間と、つき合っていたのか、それを知りたいと、思いました。コピーは、残っていませんでしたが、部屋中を探したところ、フロッピーが、多数、見つかりました。それを、こうして見ているんですが、チャット仲間との会話が、記録されているんです。彼女は、几帳面な性格だったらしく、全て、記録してあるんじゃないかと思います。それを今、眼を通しているところです」

「それで、何か、わかったか？」

「彼女の、チャットでの名前は、アケミでした」

「じゃあ、本名を使っていたんだ」

「そうです。ここまで、検索して、最初は、十人ぐらいの男性と、インターネットの上で、交際しています。それが、次第に、五人、三人と、しぼられてきているのが、わかってきました」

「最後は、三人か？」

「常に、インターネットで、会話している相手は、三人になりました。彼女が、気に入って、必ず、返事を送るチャット仲間というわけです」

「その三人の名前は、わかるのか？」

「全員、愛称と思われるものを、使っています。一人はサンデイ」

「サンデイ？」

「毎週日曜日に、話しかけてくるからでしょう。彼自身、他の曜日は、忙しくて、インターネットを使えないのかも知れません」

「もう一人は、光源氏」

「そんな美男子なのかね？」

亀井が、苦笑する。

「それは、わかりません。三人目は、マーメイド。会話からすると、海と、ヨットが好きなようです」

「その中に、京都の人間は、いるのか？」

「光源氏が、京都です」

「じゃあ、その男について、調べてみてくれ」

と、十津川は、いった。

「今、光源氏と、アケミの会話だけを、抜き出して、コピーしているところです」

と、西本は、いった。

「量が多いのか？」

「何しろ、一年間にわたるものですから」

と、西本は、笑った。

7

インターネットを使った二人の会話は、面白かった。

最初は、アケミに対する光源氏の呼びかけに始まっていた。

アケミの遠慮がちな返事。

用心深く、お互いを探り合っているかと思えば、急に、自分たちの悩みを打ち明けたり、希望を書きつけたりする。

自己紹介をしているところもある。

アケミは、自分を、二十三歳のＯＬだと、自己紹介している。

趣味は、読書と、旅行。右足が不自由なことは、明かしていない。

「顔も見えないし、本名もわからないから、インターネットの上では、みんな、大なり小なり、自分を飾りますよ。嘘もつきます」

と、西本は、いった。

「相手の光源氏だって、嘘をついているかも知れないということだな？」

「そうです」

光源氏は、自分を、京都のＳ大を卒業し、現在、二十七歳で、サラリーマンだと、紹介している。

身長は、百八十センチ。大学時代は、サッカーをやっていたともいうが、どこまで、本当なのかはわからない。

その中に、次の会話が、出てきた。

光源氏――君は美人だ。君の写真を、毎日、見ている。ボクが、今までに会った女性の中で、一番美しい。頭もいい。

アケミ――私はそんな美人じゃありません。頭もよくない。ごく、平凡な女です。

光源氏――君に、謙遜は、似合わないよ。君は、僕の憧れの女性だ。

「彼女は、相手に、自分の写真を送ったのかな？　それとも、インターネットに、自分の写真をのせたのかね？」

亀井が、きいた。

「それはないと思います」

「じゃあ、どうして、光源氏は、君は、美人だと、書いているんだ？　顔がわからないのに、ただお世辞をいっているだけか？」

「多分、これだと思います」

日下が、一冊の本を、差し出した。あけみが、翻訳した童話だが、その裏表紙に、カラーで、翻訳者、藤沢あけみの写真が、のっているのだ。

「実は、ここまでの途中で、あけみが、趣味で、童話の翻訳をやっていて、何月何日に、その本が出たと、いっているのです。それで、光源氏は、その本を買って、写真を見たんだと思います」

と、日下は、いった。

このあと、光源氏は、急に、熱っぽく、あけみを口説き始める。

光源氏――ぜひ、あなたに会いたい。京都駅まで、迎えに行き、僕の車で、京都を案内します。決して、がっかりはさせません。

そんな言葉が、ひっきりなしに出てくるのだ。だが、決して、自分の本名や、電話番号などは、明かそうとしない。

最後の方では、こんな会話が、送られてきていた。

光源氏――どうしても、お会いしたいので、失礼とは思いましたが、××書院気付で、新幹線の切符を送りました。もし、僕と会って下さる気があれば、それで京都へ来て下さい。京都駅のホームで、お待ちしています。あなたの顔は、わかっているので、必ず、迎えに行きます。

これに対するあけみの返事は、のっていなかった。

××書院というのは、彼女の翻訳した童話の発行元である。

彼女は、果して、この誘いに応じたのだろうか？

十津川と、亀井は、神田にある××書院に行ってみることにした。

小さな出版社で、出版部長は、この手紙のことを、覚えていた。

「確かに、藤沢あけみさん宛てに、手紙が来ました。中身は、京都までのひかりの切符でしたよ。グリーン車でしたね」

「それは、いつのことですか？」

「切符は、確か、一月十二日か十三日の昼頃の切符でしたよ。それで、すぐ、藤沢さんに渡しました」

「その手紙の差出人の名前や、住所は、覚えていますか？」

「それが、京都市東山　光源氏としか、書いてありませんでした。藤沢さんに、知っているんですかときいたら、知っているというので、渡しましたが」

「彼女は、その切符を使って、京都へ行ったんでしょうか？」

十津川が、きくと、出版部長は、首をかしげて、

「そこまでは、わかりません」

「その切符は、グリーンの席で、一月十二日か十三日、昼頃の列車だということは、間違いありませんか？」

「その点は、間違いありません」

「彼女は、京都へ行くようなことを、いっていましたか？　それとも、行かないようだったか、そこのところを、知りたいんですが」

亀井が、食いさがった。それが、もっとも、大事な点だったからだが、出版部長は、当惑した顔で、

「そこは、何ともいえません。彼女は、あまり、表情を顔に出す人じゃありませんからね」

「そのあと、彼女に、会っていますか？」

と、十津川は、きいた。

「いや。会っていません。藤沢さんが、どうかしたんですか？」

出版部長が、きき返した。彼も、彼女が、自殺したことは、知らないようだった。兄の敬一郎が、誰にも、知らせなかったからだろう。

二人は、また、藤沢あけみのマンションに戻った。

今夜は、ここで、徹夜になりそうなので、十津川が、管理人に、ラーメンを出前して貰うように、頼んだ。

それを食べてから、小さな捜査会議が、開かれた。

「時間的には、合っているんだよ」

と、十津川は、三人の顔を見廻した。

「京都の光源氏が、送ってきた新幹線の切符を使って、藤沢あけみは、京都に行った。それが一月十二日か、十三日だ。そこで、彼女は、大きく傷ついた。だから帰って来て、彼女は、睡眠薬自殺をしてしまった。兄の藤沢敬一郎は、それを知った。彼は、妹に対して、負い目を持っている。それで、彼は、自分が、何もしてやれなかった妹のために、仇を討つ決心をした」

「多分、藤沢も、われわれと同じように、検索して、光源氏のことを知ったんだと思います」

と、西本は、いった。

「そうだと思う。そこで、藤沢は、妹の死んだことは、伏せておいて、光源氏に、インターネットで呼びかけたんだろう。アケミとしてね。彼女が、まだ生きていることにして、女装し、妹になりすまして、京都へ行ったんだと思う。そして、光源氏に会ったんだ。だが、逆に、殺されてしまった。そういうことじゃないかと思う」

十津川は、いった。

「夜の石塀小路で、藤沢は、光源氏に会ったんですね」

と、亀井が、いう。

「夜なら、光源氏には、兄と妹との区別が、つかなかったのではないかと思う。それで、藤沢が、何をしたか。妹を自殺させたのは、お前だと、難詰したと思うね。相手を、二、三発、殴ったんじゃないかな。ところが、相手に背中を見せたところを、刺されてしまった」

「多分、そうだと思いますが、光源氏の正体がわかりません」

と、西本が、いった。

藤沢あけみが、光源氏や、サンデイたちと、会話していたのは、「愛＆ラブ」というコーナーである。

このコーナーを主宰している中央ラインアップというグループに、十津川と亀井は、顔を出してみた。

坪井という責任者に、会った。

十津川が、光源氏の本名と住所を知りたいというと、坪井は、困惑した顔で、

「現在、あのコーナーに、アクセスしてくる人たちの数は、十五、六万人を数えています。京都地区だけでも、二万人はいます。それも、匿名での参加を許可していますので、その二万人に当って、本名や住所を割り出すのは、まず、無理だと思います」

と、いう。

「しかし、殺人事件が、絡んでいるんですがねえ」

十津川が、いうと、今度は、妙に開き直った表情になって、

「うちとしては、交際の場所を提供しているだけでしてね。あのコーナーを通じて知り合った男女が、そのあと、どんな行動に出ようと、うちとしては、責任は、持てないんですよ」

と、いう。予想された言葉だった。

会員の名簿を見せて貰ったが、確かに、厖大な人数である。それに、いちいち、詳しく調べてから会員にするわけにもいかないだろう。

こうなれば、インターネットの上で、藤沢あけみと、光源氏とが交わした今までの会話から、彼の素性を、推理していくより仕方がなかった。

光源氏は、匿名のかげに隠れているが、藤沢あけみに、愛をささやく中に、時々、素性を、ポロリと、出してしまっている。そう思わせるところがある。

それを、十津川たちは、集めていくことにした。
○僕は、京都のS大を出ていて、在学中は、サッカーをやっていた。

○今は、サラリーマンをしている。

○お客の接待で、しばしば一流の料亭を使い、顔が利(き)くので、あなたを、そこに招待したい。

○お茶屋は、一見(いちげん)の客は断るが、僕は、顔が利くので、いつでも、あなたを連れて行ける。

○タレントの持田勇(もちだいさむ)とは、親友である。

○サッカーで、大学選手権に出たことがある。M F(ミッドフィルダー)だった。

抜き出したのは、この六項目だった。もちろん、光源氏が、自分を飾り立てるために、嘘をついているかも知れない。だが、本当のことも、少しは、入っているのではないか。

十津川と、亀井は、それを調べるために、京都に向った。

8

京都駅には、桧山警部が、迎えに来てくれていた。

桧山は、二人を、新装なった京都駅のコンコースの中にある喫茶店に、案内した。

「こちらでは、捜査が進展しなくて、参っています」

と、桧山は、正直に、いった。

「それは、当然です。事件の根は、東京にあったんですから」

十津川が、笑顔で、いう。

「しかし、藤沢敬一郎を殺した犯人は、京都にいるわけですよ」

「そうですね。容疑者は、光源氏と名乗るチャット仲間です」

十津川は、六項目を書きつけたメモを、桧山に渡した。

「これが、容疑者の人物像ですか」

と、桧山はいい、一項目ずつ、声を出して、読んでいった。

「京都のS大で、サッカーをやっていたのなら、簡単に本名もわかると思います。大学選手権に出ているのなら、尚更です」

「しかし、嘘かも知れません」

「嘘――ですか？」

「そうです。彼は本名を名乗らず、光源氏という名前で、つき合っていたんです。顔も知らず、インターネット上の文字だけのつき合いですから、どんな嘘だって、つけるんです。それに、どうしても、自分を、良く見せようとしますからね」

「じゃあ、どうします？」

「嘘でも、全くのでたらめとは、思えないのです。例えば、サッカーですが、全く、サッカーの知識がなければ、藤沢あけみに、質問された時に、ボロが出てしまいますからね」

「なるほど。それを踏まえて、調べていきましょう」

と、桧山も、肯いた。

三人は、捜査本部に行き、そこで、改めて、捜査会議を開き、十津川が、「光源氏」について、説明した。

京都府警の刑事たちが、光源氏の実像を求めて、市内に散って行った。

その間、十津川と、亀井は、殺人現場を見に行くことにした。

あの日の積雪は、あらかた溶けてしまい、冷気だけが、石塀小路に残っていた。

まだ、明るいので、八坂神社から、清水寺に抜けて行く観光客が、ついでに、この石畳みの小路を見物して行く。

「なぜ、ここで、藤沢は、殺されていたんでしょうか？　夜なら、この辺は、暗いだけじゃありませんか」

と、亀井が、周囲を見廻す。

「犯人に、ここを指定されたか、逆に、藤沢が、ここを指定したか」

「犯人は、この辺に、住んでいるということですかね？」

「犯人は、ナイフを持っていた。だから、最初から、相手を殺すつもりだったんだよ。そのつもりで、ここへ来たとすれば、犯人は、この辺をよく知っていて、逃げやすいと考えたんだと思うね」

と、十津川は、いった。

「一つ疑問があるんですが」

「何だ？」

「藤沢敬一郎は、女装して、妹のあけみに化けて、光源氏に会ったわけです。つまり、相手は、藤沢あけみに会うつもりで、ここに来たことになります。それでも、最初から、殺す気だったことになりますか？」

「ああ」

「じゃあ、藤沢あけみを、殺すつもりだった。兄とわかったので、殺したのではないことになってきますね」

「そうだよ。だから、この殺意には、ゆがんだものがあるのかも知れない」

と、十津川は、いった。

しばらく、立っていると、京都の冬は、じんじんと、寒くなってくる。凍るような寒さだ。

二人は、寒さを避けるために、八坂神社の方へ抜け、そこにあった喫茶店に入った。

桧山警部には、十津川の携帯電話の番号を教えてあるから、何かわかれば、連絡があるだろう。

熱いコーヒーを注文し、十津川は、煙草に火をつけた。

なかなか、桧山警部からの連絡がない。やはり、光源氏の実像が、つかみ切れないのだろう。

夜になって、やっと、二人は、捜査本部に、呼ばれた。

捜査会議が開かれ、十津川と、亀井は、説明を聞くことにした。

「われわれは、まず、S大に行き、この四、五年の間の卒業生の中から、サッカー部員で、大学選手権に出場した男について調べて貰いました。これは、除外していいと、すぐわかりました。というのは、S大のサッカー部は、最近、一度しか、大学選手権に出ていなかったのです。従って、その時の部員は、全員と、すぐ、連絡が取れて、光源氏でないことがわかりました」

と、まず、桧山が話し、次に、各刑事が、自分たちが調べたことを、説明していった。

○S大のサッカー部員でなかったことは、明らかになったが、S大を卒業したことは、間違いないらしい。なぜなら、S大は、京都での大学ランキングでは、下位の方で、もし、藤沢あけみの気を引くためなら、京都大学ぐらいを、いったに違いないからである。

○京都の有名料亭として、五つの店を選び、そこを、よく使っている会社で、二十代の若い社員のリストを、作って貰った。

○京都には、百軒を超すお茶屋がある。そのお茶屋を、接待に使っていた会社の社員のリストを作って貰った。
○石塀小路は、狭い。自由に走り廻れるのは、軽自動車だが、女性には、好かれない。だから、小型のスポーツカーを、持っているに違いないと考え、所有者のリストを作ることにした。
○サッカー部員ではなかったが、サッカーの同好会にいたことが考えられるので、そのリスト。

こうして、出来あがったリストを見比べ、その全てに出てくる人間の名前を、マークしていく。

この作業は、簡単ではなかった。

翌日の夕方までかかって、やっと、三人の男の名前が、浮び上ってきた。

高橋（たかはし）　勇（いさむ）（二十五歳）

辻　君彦（二十七歳）
三枝　徹（二十七歳）

この三人である。

だが、すぐには、事情聴取はせず、府警は、周辺から、かためていった。それには、十津川も、賛成した。微妙な事件だから、慎重を期したかった。

まず、パソコンを利用しているか、最近まで、利用していたかの調査だった。パソコンを使ったことがなければ、犯人ではないことになるからだった。

その結果、三枝徹の名前が消えた。彼は、一度も、パソコンを使ったことがなく、所持もしていないとわかったからである。

残る高橋と、辻は、同じような経歴を持っていた。

同じS大の卒業で、辻の方が、二年先輩である。二人とも、独身ということも同じだった。

高橋は、観光会社の社員で、辻は、K食品の社員である。

二人とも、営業関係だから、接待に、クラブや、有名料亭、それに、京都だから、お茶屋を利用している。

二人の写真も、手に入った。

どちらも、現代の若者らしく、細面で、一見すると、優しい顔立ちである。

高橋の持っている車は、中古のポルシェ９１１で、辻の方は、新車で、国産の小型スポーツカーに、乗っていた。

十津川と、亀井は、二人の顔写真に見入った。

「このどちらかに、藤沢あけみは、会いに来たのだろうか？」

「送られた、新幹線の切符を使ってですか」

「もし、そうだとすると、一月十二日か、十三日に、彼女と京都で会っているわけだよ。当然、この日は、京都駅に迎えに行き、得意の料亭や、お茶屋へ連れて行った筈だ」

と、十津川は、いった。

「それを調べてみましょう」

と、桧山は、いった。

一月十二日も、十三日も、ウイークデイである。二人とも会社に出ている筈だった。

××書院の出版部長の話では、藤沢あけみに送られてきた切符は、一月十二日か、十三日の昼頃の列車だったという。

とすれば、京都着は、午後三時前後だろう。当然、早退して、迎えに行った筈である。

府警の刑事たちは、高橋と辻の二人について、この日、彼等が早退したかどうかを調べた。

高橋は、十二日の午後、カゼで寒気がするといって、早退し、辻の方は、五時まで、勤務してから帰宅していた。

「まず、高橋を、任意で、呼びましょう」

と、桧山は、いった。

高橋が、捜査本部に、やって来た。少し、怯えているように、見えた。それは、三人の刑事が、相手をしたからかも知れない。

最初は、主として、桧山が、訊問した。

「君は、パソコンを、やっているね？」

「ええ。楽しいし、役に立ちますから」

「チャットは、どうだ？」

「知っていますよ」

「君は、やってないのか？」

「そんなことをきいて、どうするんです？　僕が、何か疑われてるんですか？」

急に、高橋の表情が険しくなった。急に変るのは今の若者の特徴だろう。

「インターネットで、君が使っている名前は、光源氏かね？」

「何をいいたいんです？」

「二月十六日の夜は、どうしていた？」

桧山は、矢つぎ早に、質問を、ぶつけていった。

「二月十六日って？」

「京都に、二度目の大雪が、降った夜だよ」

「あの日なら、夜は、自宅マンションで、コタツに入ってテレビを見てましたよ」

「どんなテレビだ？」

「どんなって、いろいろですよ。僕は、チャンネルを変えるのが好きだから」

「アケミという名前を知っているね？」

「アケミ？」

「藤沢あけみだよ」

「知りませんよ、そういう名前の女は。誰なんです？」

「ナイフを、持っているんだろう？」

「持っていますが、悪いことに、使ったことは、ありませんよ。僕は、アウトドアが好きで、そんな時に、使うんです」

「最近それで、人を刺したことは？」

桧山がきくと、高橋は、険しい顔になって、

「バカなことを、いわないで下さい！」

と、叫んだ。

「君は、パソコンが好きで、よく使うとすると、『愛&ラブ』というコーナーのあることは知っているね？」

十津川が、桧山に代って、きいた。

高橋は、一瞬、戸惑いの色を見せてから、

「知っています」

「あれには、全国で、十五万人もの人間が、入っていて、毎日、インターネット上の友人や恋人と、会話をしているんだそうだね？」

「そうですか？」

「君も、やっているんだろう？」

「やっていませんよ」

「君が、光源氏の名前で、インターネット上の女性と会話を楽しんでいると、聞いたんだがねえ」

十津川が、カマをかけるように、いった時、府警の若い刑事が取調室に入って来て、桧山に、何か囁いた。

桧山が顔色を変えて、十津川と、亀井の二人を、廊下へ連れ出した。

「困ったことが、わかりました」

「どうしたんです」

「あの高橋ですが、お茶屋にも、有名料亭にも、今年になって、一回も顔を見せていないんですよ。まして、藤沢あけみと一緒にはです」

「お茶屋は、数が多いでしょう？」

「全てのお茶屋に、当ってみました。有名料亭にもです。あの男は、藤沢あけみを、どこにも、連れて行っていないんです。とても、彼が、彼女の相手だったとは、思えなくなりました」

桧山の言葉で、十津川も、驚き、

「もう一人の辻の方は、どうなんです？」

「今、彼について も、急いで、調べています」

と、桧山は、いった。

高橋の方は、釈放せざるを得なくなった。

その日の中に、辻についても、捜査結果が、集まってきた。

こちらも、芳しいものではなかった。

辻の方は、今年に入ってから、一度、有名料亭に行き、二回、行きつけのお茶屋で遊んでいるが、どちらも、接待であって、上役も一緒であり、藤沢あけみの姿は、見られていないということだった。

この結果に、十津川も困惑し、府警の捜査本部も、当惑した。

「藤沢あけみを迎えて、何処にも案内せず、いきなり、自分のマンションに、連れて行ったんじゃありませんか？」

と、府警の若い刑事の一人が、いった。

「それは考えられないよ」

桧山がいい、十津川も、同感だった。

高橋にしても、辻にしても、どちらかといえば、相手に対して、自分を良く見せたがる性格に思える。そんな男なら、初めて会った女性（あけみ）に対して、自分を、カッコよく見せようとするに、決っている。

まず、有名料亭や、お茶屋に案内して、自分の力を誇示するに、決っていた。

光源氏は、インターネット上の会話でも、それを、自演していたのだから、あけみを、連れて行かない筈はないのである。しかも、一月十二日、十三日の両日とも、雨も、雪も、降らなかった。とすれば、高橋、辻のどちらも、藤沢あけみを、京都案内に連れて行かないというのは、どう考えても、不自然である。

片岡（かたおか）本部長も、やはり、躊躇（ためらい）を見せた。

「これでは、二人のどちらにも、逮捕状は、取れないだろうな」

と、片岡は、いった。

9

捜査は、最初から、やり直しということになった。

府警の桧山警部たちも、がっかりの表情だが、一番、痛手を受けたのは、十津川と、亀井である。

二人は、その日の中には、帰京せず、もう一日、京都に、滞在することにした。

殺人事件が起きたのは、あくまで、京都である。その町で、なぜ、失敗したのか、その原因を、考えてみたかったのである。

翌日は、おそく眼が覚めた。昨夜は、寝床に入ってからも、さまざまに、考えをめぐらせて、結論がつかめず、夜明け近くまで、眠れなかったのである。

昨日は、石塀小路近くの日本旅館に泊った。

カーテンの隙間から、柔らかい冬の陽射しが、入り込んでいる。

十津川は、起きあがり、籐椅子に腰を下ろして、朝の煙草に火をつけた。

先に起きていた亀井が、洗面所で顔を洗って、戻って来た。

彼が、カーテンを開けると、小さな中庭が見えたが、池にはうすく、氷が張っていた。

「今夜おそく、雪が降ると、テレビで、いっていました」

と、亀井が、いう。

仲居が、朝食を運んで来てくれた。

「さあ、食べよう」

十津川は、掛声をかけるように、膳の前に、腰を下ろした。

「府警は、もう一度、事件を捜査し直すようなことを、いっていましたね」

「私としても、捜査の根になる資料を持って来たのに、こんなことになって、申しわけない気がしているんだ。容疑者のリストを作って、高橋と、辻の名前が、浮んできた時は、これで、決りと思ったんだがね」

十津川は、箸を置き、また、煙草に火をつけた。事件が、壁にぶつかると、どうしても、禁煙どころか、節煙も出来なくなってしまうのだ。

「警部は、どう思います？」

亀井が、きく。

「何がだ？」

「府警は、捜査をし直すというんでしょう？　しかし、高橋や、辻たちの他に、容疑者が、浮んでくると、思いますか？」

「別の容疑者を、探すことは、確かだよ。同じでは、また、行き詰ってしまうんだから」

「しかし、捜査の基礎は、われわれの持って来たインターネットの記録しかないわけです」

「だろうね」

「それなら、別の結論は、出てこないと思いますよ」

「カメさんは、何をいいたいんだ？」

「兄の藤沢敬一郎のことを考えていたんです。彼は、三年間、妹のあけみと断絶していたんです。そして、突然、妹が自殺したのを知り、妹の自殺の原因を調べ、それが、京都の男にあると思い、妹に化けて、彼に会いに出かけたのは、確かでしょう?」

「そう思っている」

「なぜ、藤沢は、その男を、見つけ出せたんでしょう?」

「それは、もちろん、私たちと同じように、インターネットの記録を見たんだろう。そして、妹になりすまして、アケミが、生きていることにして、また、呼びかけたんだと思うね。もう一度、会いたいと。相手は、それに応じて、京都へ来いと、いった。そこで、藤沢は、女装し、妹に化けて、石塀小路へ出かけたんだよ」

「しかし、警部。われわれは、当初、光源氏と思われる男を、三人追っていたんです。もし、その三人が、同時に、藤沢の呼びかけに、応じたら、どうなったと思います?藤沢は、どうやって、三人の中の誰が、妹を自殺に追いやった相手と、見分けることが出来たんでしょう? インターネットの呼びかけに応じた男が、本当に、本命の男かどうか、わからなかったと思うんですが」

「だが、本命だったんだよ。だから、相手は、ナイフで、藤沢を刺したんだ」

十津川が、いう。もう、二本目の煙草に火をつけていた。

「そのことでも、私は、疑問があるんです」

と、亀井が、いう。

「何処だ？」

「犯人は、藤沢あけみに会ったとしても、ナイフで、刺した筈だと、警部は、いわれました」

「いった。それでなければ、犯人が、あらかじめナイフを持っていた理由の説明がつかない」

「しかし、警部。なぜ、犯人は、藤沢あけみを殺す必要があったんでしょう？」

「それは、京都にやって来た彼女に、ひどいことをしたからだろうね。強引にレイプしたみたいなことだ」

「しかし、今の時代、そのくらいのことで、殺しますか？　また、ニヤニヤ笑って、彼女を、迎えようとするんじゃありませんか」

「ちょっと待て」

十津川は、急に、亀井の言葉を、制して、考え込んでしまった。

そのまま、しばらく、何もいわなかった。灰皿に置いた吸殻が、畳に落ちる。それを、亀井があわてて、拾って、灰皿に捨てた。

「カメさん」

と、十津川は、呼びかけた。

「何ですか？」

「君のいう通りだ。われわれの考え方は、少しおかしかったんだよ。藤沢敬一郎と、妹のあけみは、愛し合っていた。それは許されぬ愛だから、二人は、自制して、別れた。あけみの方はその寂しさに耐えられなくて、インターネットの上で、友だちを求め、アクセスして来た男たちの中の、京都の男と、親しくなった。と、いっても、もちろん、インターネットの上だけでだ。その中に、相手は、会いたいといい、新幹線の切符を送りつけてきた。敬一郎が、京都で殺されているので、われわれは、あけみは、その切符で、京都に行ったと思ったのだが、本当は、来なかったんじゃないか。来なかったと考えれば、高橋か、辻が、あけみと一緒に、料亭へ行ったり、お茶屋へ案内した形跡がないことも、肯けるんだよ」

「しかし、それなら、なぜ、あけみは、自殺し、兄の敬一郎は、京都で、死んだんでしょうか？　おかしいじゃありませんか？」

亀井が、きく。

「彼女が、京都へ来たんじゃなくて、男が、東京に会いに行っていたんだよ」

と、十津川は、いった。

「光源氏がですか？」

「新幹線の切符を、送ったのに、あけみは、京都に来なかった。光源氏は、それで、諦める代りに、一層、熱をあげたんじゃないか。彼は、あけみが出した本から、出版社気付で、切符を送っている。それなら、彼女の住所を調べることぐらい簡単だと思うね」

「もし、男が、あけみに会いに、東京に行ったんだとすると、どういうことになりますか？」

「その結果として、彼女が、自殺したとすれば、何があったかは、想像がつくじゃないか」

と、十津川は、いった。

「レイプですか？」

「彼女は、兄の敬一郎に対して、許されぬ愛情を感じていたんだ。だから、京都にも来なかったとすれば、いきなり、上京して、会いに訪れて来た男を、受け入れたとは、とても思えないよ。当然、拒否したと思うね。それで、男は、かっとした。かっとして、レイプしたんじゃないかね。彼女は、抵抗しただろうが、右足が不自由だ。かなう筈がない。彼女は犯されてしまった。問題は、その後の彼女の気持だ。彼女は、兄の敬一郎への愛を抑えるために、別居し、断絶してきた。それだけ、自分の愛を、大事にしてきたともいえるんだ。それなのに、いきなりやって来た京都の男に、犯されてしまった。兄へ申しわけないという気持や、悲しみなどが、入り乱れて、彼女を、自殺に追いやったんじゃないか」

「そこまでは、想像できます」

「自殺した時、あけみは、遺書を残していたんじゃないかな」

「遺書ですか？　兄の敬一郎に対してですか？」

「そうだよ。死を覚悟して、初めて、彼女は、自分の気持を、正直に、兄に打ち明けることが出来たんじゃないかと、思うんだ」

「その遺書には、自分を犯した京都の男のことも書いてあったんでしょうか？」

「私は、書いてあったんじゃないかと思う」

「その理由は？　どうして、そう思われるんですか？」

「敬一郎のマンションには、パソコンはなかった。今までに、彼が、パソコンを買ったり、使ったりしたという形跡はないんだよ。それが、妹のマンションに行って、いきなり、パソコンに接して、インターネットに接続したり、光源氏を見つけ出したりすることが、出来たろうかという疑問が、出てくるんだ」

「とても、私には、出来ません」

「私にも、出来ないよ。それに、時間もなかった。それなのに、藤沢敬一郎は、妹の相手を見つけ出し、連絡を取り、会いに来ているんだよ。だから、私は、遺書があり、それには、京都の男のことが、書いてあったに違いないと、思うのだ」

十津川の声は、次第に、確信に満ちたものになっていった。

「すぐ、桧山警部に会って、話し合いましょう」

と、亀井は、いった。

10

再び、捜査会議が開かれ、十津川の話が、検討された。

本部長が、十津川に、質問する。

「すると、君は、問題の男が、高橋か、辻のどちらかだと思うんだね?」

「そうです」

「どちらだと思うね?」

「高橋の方だと考えます」

「理由は？」

「彼が、一月十二日の午後、会社を早退しているからです。つまり、彼が、新幹線の切符を、あけみに送りつけた人間の可能性が強いからです。送っておいて、彼は、その日の午後、会社を早退し、京都駅へ、彼女を迎えに行ったんだと思います」

「だが、彼女は、来なかった？」

「そうです。それでも、高橋は、諦めず、今度は別の日に、東京へ、訪ねて行ったんです」

「あらかじめ、行くと、伝えてからかね？」

「いいえ、黙ってです。インターネット上の会話で、光源氏は、今度、訪ねるとは、話していません。あけみは、新幹線の切符を送っても、会いに来なかったんです。行きますといえば、断られると思い、男は、いきなり、訪ねて行ったんです」

「なるほどね」

「だが、あけみは、男を受け入れずに、拒否したんだと思います」

「それは、兄の敬一郎に対する愛のためか？」

「私は、そうだと思います。光源氏は、拒否されて、一層、あけみが欲しくなった。

或いは、拒否されて、かっとしたのかも知れません。それで、力ずくで、彼女を、犯してしまったのだと、私は、思っています」

「そのあとは？」

「彼女は、兄宛てに、遺書を書いたんだと思います。それを投函してから、彼女は、自殺した。兄妹は、自分たちの気持を抑えるために、三年間も、行き来もしなかったし、連絡もしなかったんです。それなのに、兄は、妹が自殺すると、すぐ、駈けつけています。遺書を受け取ったからだと考えるのが、自然だと思いますね」

と、十津川は、いった。

「他に、君が、自分の推理が正しいと考える理由は、何だね？」

と、本部長が、きいた。

「藤沢敬一郎が、石塀小路で、刺殺されたことです」

「それは、どういうことなんだ？」

「犯人は、前もって、ナイフを持って、会いに行っているからです。一方、敬一郎は、女装し、妹に化けて会いに行っています。だから、妹が、死んだことは、秘密にしていたんだと思います。ということは、犯人は、あけみでも、刺し殺すつもりだったということになります」

「だから――？」

「彼が、あけみに対して、犯罪的な行為をしていたからでしょう。高橋は、サラリーマンです。今は、この不景気で、いつ、リストラされるかわからない。サラリーマンにとっては、冬の時代です。そんな時、東京から、女がやって来る。彼女は、自分が、東京へ行って、無理矢理レイプした相手です。彼女が、それを、公けにしたら、どうなるのか。だから、話によっては、口をふさいでしまおうと、ナイフを持って行ったんだと、私は考えるのです。だが、来たのは、兄で、手厳しく、難詰されたと思います。だから、一層、殺意を持ったんだと思いますね」

と、十津川は、いった。

本部長は、桧山に、眼を向けた。

「君は、どう思うね？」

「私も、十津川警部の考えに、賛成します」

と、桧山は、いった。

「問題は、証拠だな」

「それに、アリバイです」

と、十津川は、いった。

「石塀小路の殺人は、夜だし、雪が降って、目撃者はいない。ひとりで、テレビを見ていたといわれてしまえば、それを崩すのは、難しいんじゃないかね」

「そのアリバイではなくて、彼が、東京に、藤沢あけみに会いに行った日のアリバイです。彼女が自殺したのは、二月九日です。その日か、前日に、訪ねたと思います。幸い、日曜日ではありませんから、高橋が犯人なら、この日は、会社を休んでいる筈です」

「よし、その線を攻めて行こう」

と、本部長は、決断を下した。

高橋の勤務日誌が、ひそかに、調べられた結果、二月八日は、一日、欠勤していることが、わかった。

彼に対する逮捕令状が請求され、逮捕されて、捜査本部に、連行された。

それでも、平然とした顔をしていたのは、一度、警察が、間違いを犯したことを、知っているからだろう。

「一月十三日なら、きちんと、会社へ行っていましたよ。定時に出勤し、働いています」

高橋は、顔をあげて、十津川や、桧山に向って主張した。

「いや、二月八日のことだよ。この日に、何処で、何をしていたか、ききたいんだよ」

桧山が、いったとたんに、高橋の顔色が変った。

「二月八日って、何のことですか？」

「君が、東京へ行った日だよ。東京へ行って、藤沢あけみに会った日のことだよ」

「行っていません」

「駄目だな」

「何がですか？」

「君の指紋を採って、彼女のマンションの部屋についている指紋と照合すれば、すぐわかるんだ。指紋を採らせて貰うよ」

桧山が、いうと、高橋は、ふるえ出した。手をつかまれると、その手が、小刻みにふるえているのだ。

11

「東京まで、わざわざ、会いに行ったんだから、喜んで迎えてくれると思ったんですよ」

　と、高橋は、青ざめた顔で、いった。

「彼女には、好きな人がいたんだよ」

　十津川が、いった。

「それなら、なぜ、インターネットで、呼びかけたりしたんです？」

「とにかく、彼女には、本当に好きな人がいたんだ。拒否されて、かっとなったのか？」

「当然でしょう？」

「それで、力ずくで、犯したのか？」

「――――」

「レイプは、犯罪だぞ」

　亀井が、いった。

「彼女だって、結構、喜んでいたんですよ」

「喜んでいたら、どうして、自殺するんだ？」

「――――」

「そのあと、京都へやって来た、彼女の兄さんを殺したな」

「怖かったんですよ」

「何が怖かったんだ？」

「あのあと、彼女から手紙が来たんです。僕を訴えるっていうんです。それが嫌なら、謝罪文を書き、一千万の慰謝料を払えとあったんです。一千万円なんて金、僕にはありませんよ。そうかといって、訴えられたら、僕は、間違いなく、会社を馘になってしまう」

「それで、会ったら、殺そうと思ったのか？　だから、ナイフを持って、会う場所へ行ったのか？」

「脅そうと、思ったんです。若い女だから、脅せば、何とかなると思ったんです」

「だが、会ってみたら、彼女じゃなくて、兄さんだった？」

「そうですよ。僕の方が怖くなりましたよ。その上、あの男は、妹は、僕に殺されたと叫んで、お前も自殺しろというんです」

「二人だけの身内だったんだ。当然だろう？」

「自殺しろ、出来なければ、殺してやると、怒鳴ったんですよ。眼がすわってましたよ。女装しているだけに、余計、怖かったですよ」

「しかし、妹は、自殺した。そのことで、話したいと、兄の名前で、手紙が来たら、君は、会いに行ったか？」

「――」

「だから、彼は、女装し、妹として、君に会いに行ったんだ。君は、妹でも、兄でも、殺したんだ」

「怖かったんですよ」

「それが、殺人の理由か。呆れた男だ」

と、十津川が、ぶぜんとした顔で、いった。

「あけみは、やはり、兄の藤沢敬一郎に、遺書を書いていたんですね」

亀井が、いう。

「そうだな。だから、兄は、妹を自殺に追いやった男が、京都の高橋だと、知っていたんだよ」

と、十津川が、肯く。

「あけみの遺書は、どんな内容のものだったんでしょうか？」

「カメさんは、見たいか？」

「見たいですね。二人が、どんな愛情で結ばれていたのか、知りたいですからね」

「一つだけ、想像がつくことがある」

と、十津川は、いった。

「どんなことですか？」

「何が書いてあったにしろ、その遺書には、間違いなく、兄に対して、ごめんなさいという一言が、書かれていた筈だよ」

「ごめんなさいですか？」

「二人は、兄妹を越えた愛情で、結ばれていた。その愛が、余りにも強くなってしまって、あけみは、別れて、ひとりで、暮していた。別れていたからといって、その愛が、弱まっていたとは思えない。かえって、強くなっていたんじゃないか。何とか、その愛情を断ち切ろうと、インターネットで、顔もわからない男と、会話を交わしていたが、それが、出来なかったことは、ひかりの切符を送られながら、京都に行かなかったことで証明されている。だから、あけみは、高橋に犯されたことへの怒りや口惜しさで、自殺したんじゃないと、思っている。彼女は、そんな自分のことを、兄に対して、申しわけないと思って、自殺したんだよ。本当は、兄に、捧げたかったのに、京都の男に汚されたことへの悲しみでだ。私は、そう思っている。だから兄の敬一郎の方も、尚更、そんな妹が不憫で、仇を討とうと、京都へ行ったんだろう」

初刊本解説

山前　譲

　この『十津川警部　日本周遊殺人事件〈世界遺産編〉』には、十津川警部とその部下たちの活躍が五編収録されている。警視庁捜査一課の所属ながら、十津川たちは全国津々浦々、事件解決のために飛び回ってきた。まさに日本一忙しい警察官と言っていいのだが、ここに収録された短編のキーワードは「世界遺産」である。

　このところ海外からの観光客数は右肩上がりで、二〇一六年には二千万人を突破した。円安による経済的な好条件があるにしても、インターネット社会のなかで、日本の魅力がいっそう世界中に知られてきたのは間違いないだろう。

　とくに注目度を高めているのは、アニメなどのサブカルチャーの世界だが、その一方で、日本人でもあまり知らない伝統工芸や、里山と呼ばれるような日本の原風景に惹かれる観光客も、このところずいぶん増えたようだ。

　その意味で脚光を浴びているのが、日本各地のいわゆる世界遺産である。一九七二年に採択されたユネスコの「世界の文化遺産及び自然遺産の保護に関する条約」のもと、数多くの世界遺産が登録されてきた。ただ、日本で注目されるようになったのは、それほど昔のことではない。

というのも、この条約を日本が批准したのはなんと一九九二年で、日本初の文化遺産として「法隆寺地域の仏教建造物」と「姫路城」が、自然遺産として「屋久島」と「白神山地」が登録されたのは、その翌年なのである。

したがって、十津川シリーズでも世界遺産が直接的に関わる事件は、『十津川警部　トリアージ　生死を分けた石見銀山』（二〇〇八）や『十津川警部　陰謀は時を超えて　リニア新幹線と世界遺産』（二〇一二）、あるいは『十津川警部　絹の遺産と上信電鉄』（二〇一五）といった近年の長編であり、そして作例は少ない。とはいえ、これまで何百もの謎を解決してきた十津川警部である。世界遺産に登録された地域やその近くを舞台にした事件はたくさんあるし、そこへ向かう列車にも何度も乗っていた。

まずは日本で一番最初に登録された世界遺産のひとつの「白神山地」である。青森県南西部から秋田県北西部にかけての、約十三万ヘクタールもの森林地帯の総称で、特に世界最大級の原生的なブナ天然林が評価された。その白神山地の西側を日本海に沿って走るのが五能線だ。青森県の川部駅と秋田県の東能代駅を結ぶ、路線距離が百五十キロメートル足らずのローカル線で、青森側は奥羽本線を経由して弘前駅まで乗り入れている。

　捜査一課のベテラン刑事の酒井がその五能線を利用しているのは「死体は潮風に吹かれて」（「小説宝石」一九九〇・一　光文社文庫『十津川警部の逆襲』収録）だ。青森までは空路を利用し、弘前から五能線に乗り、艫作（へなし）駅で降りた。波打ち際の露天風呂が有名な温泉旅館に泊まるためだったが、そこで酒井はとんでもない事件に巻き込まれてしまう。その酒井を救うため、十津川警部も五能線で艫作へと向かっている。

『五能線誘拐ルート』（一九九二）や『五能線の女』（二〇〇六）といった長編があるように、五能線は作者のお気に入りの路線だ。観光列車の「リゾートしらかみ」が人気だが、世界遺産を楽しむのなら十二湖駅で下車である。そこからバスで十五分ほどのところにあるのが「十二湖」で、水面が神秘的なコバルトブルーの青池ほか、ブナ林に点在する大小さまざまの湖沼を巡ることができる。

「富岡製糸場と絹産業遺産群」が世界遺産に登録されたのは二〇一四年だが、富岡製糸場を事件現場とした『十津川警部　絹の遺産と上信電鉄』は、十津川シリーズの読者にとってじつに衝撃的な事件だった。一八七二年の開業当時の施設が現存している富岡製糸場の最寄り駅は上信電鉄の上州富岡駅で、東京方面からは上越新幹線の高崎駅で下車して乗り換えることになる。
「死を運ぶ列車『谷川5号』」（「小説新潮」一九八三・十　新潮文庫『展望車殺人事件』収録）はまだ上越新幹線が開通する前の事件だから、高崎方面へは上越線を利用しなくてはならなかった。一九八二年にその上越線を走りはじめた特急「谷川」を利用してのアリバイ工作を、十津川班が解き明かしていく。

二〇一五年に登録された「明治日本の産業革命遺産　製鉄・製鋼、造船、石炭産業」の詳細をすぐに説明できる人はあまりいないに違いない。というのも、それは八県に点在しているからだ。有名なのは山口県萩市の鉄の精錬に使われた萩反射炉だろうが、反射炉はもうひとつ、伊豆半島にもある。それは韮山反射炉といい、当時の実用炉としては現存する唯一のものだ。

その最寄り駅は伊豆箱根鉄道駿豆線の伊豆長岡駅である。東京駅から特急「踊り子」が直通運転している。『南伊豆高原殺人事件』（一九八五）、『伊豆海岸殺人ルート』（一九九四）、『伊豆急「リゾート21」の証人』（二〇〇九）など、伊豆半島は十津川シリーズで特筆すべき事件多発地域である。だから、伊豆長岡駅は十津川警部にとってお馴染みの駅のはずだ。ただ、韮山反射炉にはまだ足を運んだことはないようである。

「偽りの季節　伊豆長岡温泉」（「オール讀物」一九九五・十一　文春文庫『青に染まる死体　勝浦温泉』収録）はその伊豆長岡駅に近い温泉旅館で殺人事件が起こっている。作家のニセモノを巡っての十津川の捜査が、日本各地に展開されていく。

日本で世界遺産が話題性を高めたのは、「富士山―信仰の対象と芸術の源泉」の登録をめぐってさまざまな報道があったからではないだろうか。最初は自然遺産としての登録を目指していたのが、紆余曲折の上、文化遺産として二〇一三年に登録された。世界遺産とはいったい何か。この時初めて知った人も多かったに違いない。

登録後、富士山はますます登山客を、それも海外からの登山客を増やしているが、構成資産となっているのは富士山域だけではない。信仰の対象という意味では、身延線富士宮駅から徒歩十分の富士山本宮浅間大社がもっとも重要だろう。全国に数多くある浅間神社の総本社である。

「死を呼ぶ身延線（みのぶせん）」（「小説現代」一九九〇・三　講談社文庫『十津川警部の困惑』収録）では、かつては十津川警部の部下で、現在は私立探偵をしている橋本の父が、その身延線に乗っている。身延駅に近い、日蓮宗総本山の身延山久遠寺に行くと言っていたのだが、数日後、富士川で死体となって発見される。警察は事故死と判断したが、橋本は納得せず、十津川の助けを借りて真相を追うのだった。

最後の「雪の石塀小路に死ぬ」（「週刊小説」一九九九・二・十九&三・五　集英社文庫『東京―旭川殺人ルート』収録）は京都が舞台である。すっかり雪景色となった祇園の石塀小路で、雪に埋もれた死体が発見される。白いコートの背中には血がにじんでいた。殺人事件か？　駆けつけた警察が調べてみると、なんとその被害者は……。

「古都京都の文化財」が世界文化遺産に登録されたのは一九九四年である。清水寺など十七か所の寺社・城郭とで構成されているが、もちろん京都はそれ以前から人気観光地であり、多くの人が国内外から訪れていた。十津川シリーズにも京都を舞台にした長編が数多くあり、古都のさまざまな姿を楽しむことができる。

世界遺産は登録がゴールではない。趣旨に沿った維持・管理のほうが大変であり、登録が取り消された例もある。ただ、登録されることで注目を集め、日本の文化や自然に触れる切っ掛けとなるのは間違いない。もっとも、犯罪捜査のために訪れるのは、十津川警部とその部下たちだけだろうが。

二〇一九年二月

（初刊本の解説に加筆・訂正しました）

この作品は2016年7月徳間書店より刊行されました。
なお、本作品はフィクションであり実在の個人・団体などとは一切関係がありません。

徳間文庫

十津川警部 日本周遊殺人事件〈世界遺産編〉

2019年3月15日 初刷

著者 西村京太郎
発行者 平野健一
発行所 東京都品川区上大崎三―一―一 目黒セントラルスクエア 株式会社徳間書店 〒141―8202
電話 編集〇三(五四〇三)四三四九 販売〇四九(二九三)五五二一
振替 〇〇一四〇―〇―四四三九二
印刷 製本 大日本印刷株式会社

ISBN978-4-19-894451-3 （乱丁、落丁本はお取りかえいたします）